Scoops au lycée

Du même auteur, dans la même collection :

La dragonne de minuit

La drôle de vie d'Archie

Du même auteur, dans la collection Heure noire :

Le fantôme de Sarah Fisher

Murder party

15/10/11

Chère Charlotte,

Avec Pomme, tu vas aller de découvertes en découvertes...

Bonne lecture!

Anaïs Laroche

Agnès Laroche
Illustrations de Peggy Caramel

Scoops au lycée

RAGEOT

À Rodolphe,
comme promis !

Cet ouvrage a été imprimé sur un papier
issu de forêts gérées durablement.

ISBN 978-2-7002-3544-9
ISSN 1951-5758

La lettre

Je montais au premier d'un pas traînant lorsque ma mère m'a appelée :

– Ma Louloutte, t'as du courrier !

J'ai arrêté net le pas traînant et l'ascension de l'escalier. Mon sac est tombé à mes pieds, j'ai senti mon rythme cardiaque s'accélérer et je n'ai plus bougé. Du courrier… Pourtant je n'avais rien vu sur la table de l'entrée. À coup sûr c'était LA LETTRE, celle à laquelle je pensais chaque soir avant de m'endormir et chaque matin en appuyant comme une brute sur mon radio-réveil pour qu'il se taise enfin.

– Ma Louloutte ? T'as du courrier.

Pour éviter un troisième « ma Louloutte », j'ai concédé une réponse qui ne laissait aucun doute :

– Ouais.

Voilà. Ça, c'était réglé. Maintenant la lettre, et surtout son contenu… Je me suis assise sur une marche, j'avais besoin de reprendre mes esprits et de me préparer à toutes les éventualités. Sauf qu'il n'y en avait que deux : soit c'était oui, soit c'était non.

Si c'était oui, alors devant moi s'ouvrirait la porte du paradis, celle derrière laquelle m'attendait une vie palpitante, faite d'interviews, d'enquêtes, de scandales à dénoncer et, cerise sur le baba, de regards admiratifs à mon endroit… Si c'était non ? Eh bien je préférais ne pas y penser !

Ma mère ne se doutait de rien. Je ne voulais pas lui en parler, ça me donnait l'impression d'avoir un jardin secret, un truc rien qu'à moi. J'ai descendu l'escalier avec nonchalance, me suis appliquée à adopter le masque de l'indifférence et l'ai rejointe dans la cuisine. Là, du ton de la fille au bord de l'ennui, j'ai demandé :

– Elle est où, la lettre ?

– Un bisou d'abord.

Un bisou sur une joue qui sent toujours le muguet, un bisou que je ne prends plus très souvent le temps de faire. Ou alors quand je m'y plie, c'est l'air blasé, du genre : c'est plus de mon âge.

J'ai eu un petit remords, je lui en ai claqué deux. Elle m'a souri en me tendant la missive.

– Un amoureux ?

J'étais certaine qu'elle me balancerait un truc comme ça ! J'ai levé les yeux au ciel et j'ai attrapé mon butin.

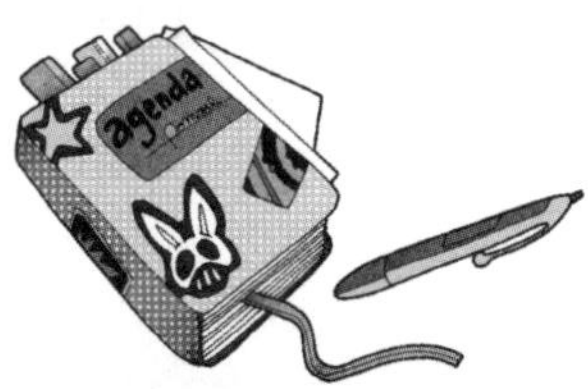

Je me suis allongée sur mon lit. J'ai respiré à fond pour chasser la boule de stress de la taille d'une pastèque qui prenait ses aises juste au-dessus de mon estomac. Puis je me suis enfin autorisée à regarder l'enveloppe.

Mon nom, Pomme Ravaillec – qui me valait parfois le gentil surnom de Pomme Avariée –, s'étalait en grosses majuscules violettes. Au dos, rien de rien, pas d'expéditeur, mystère-mystère, de quoi nourrir les hypothèses romantiques de ma mère.

J'ai décollé le rabat délicatement et j'ai aperçu la feuille de papier soigneusement pliée, ce qui a déclenché une décharge d'adrénaline d'amplitude neuf et demi, graduation jamais atteinte jusque-là.

J'allais mettre fin à mon supplice quand le nain est entré dans ma chambre sans frapper, barbouillé de Nutella, en braillant :

– Maman veut que tu m'aides à mettre mon pyjama !

J'ai eu une très fugace envie de meurtre, quelque chose de rapide et sans douleur. Il s'en est rendu compte, il a reculé sur la pointe des pieds en refermant doucement la porte.

J'ai déplié la lettre en tremblotant, je l'ai posée à plat devant moi et, sans rire, à cette minute précise, j'ai pensé que j'étais face à mon destin.

Hobbies et passions

Chère Pomme,

(C'était un excellent début, rien de trop officiel.)

Nous nous sommes réunis hier soir pour faire le point sur les nombreuses candidatures que notre annonce a suscitées.

(Nombreuses ? Pourtant, à ma connaissance, nous n'étions que quatre à avoir répondu, trois filles de troisième B et moi, digne représentante de la troisième A.)

La sélection a été difficile et nous avons longuement hésité avant de prendre notre décision. Nous avons été très impressionnés par la maturité et la motivation que tu as manifestées lors de notre entrevue.

(C'était marrant, cette façon de dire « nous », parce que face à moi, pendant l'entretien, il n'y avait qu'un seul type, Thomas, le rédacteur en chef. S'ils me disaient ça, c'est que je n'étais pas prise, c'était juste des compliments pour faire passer la pilule. À ce stade de ma lecture, j'ai eu une grosse envie de glace au chocolat avec des pépites, histoire de compenser, mais j'ai résisté.)

Voilà pourquoi nous avons le plaisir de t'annoncer que ta candidature a été retenue pour occuper au sein des Brèves d'Albert, *le journal de l'établissement Albert-Camus…*

(YESSSS ! YES-YES-YES ! YESSSSS !)

… le poste de chroniqueuse à la rubrique Hobbies et Passions.

(Quoi ? J'ai relu deux fois la phrase mais il n'y avait pas d'erreur, ils avaient bien noté Hobbies et Passions.)

Merci de nous appeler au 06 23 66 54 99, nous prendrons rendez-vous pour établir les modalités de notre collaboration. C'est assez urgent, ton recrutement doit intervenir avant le 15 octobre si nous voulons bénéficier de la bourse offerte par le rectorat dans le cadre du projet Journalisme scolaire, une approche professionnelle.

Nous sommes très heureux de t'accueillir parmi nous et blablabla…

« Hobbies et passions » ! Il n'avait jamais été question de ça, ni dans l'annonce ni lors de l'entretien ! Et puis je n'avais jamais vu ce genre de rubrique niaiseuse dans les *Brèves d'Albert* ! Je voulais me lancer dans le journalisme d'investigation, moi, réaliser des reportages sur le terrain, pas des articles sur les collections de porte-clés en forme de cœur ! Pourquoi pas une chronique « people » !

J'ai relu la lettre au moins trois fois, le temps de me laisser envahir par un ignoble soupçon : en vérité, ils avaient besoin de quelqu'un d'urgence pour obtenir une bourse, conclusion ils avaient créé une rubrique sans importance pour la confier à une potiche : moi ! Dire que j'avais raconté à Mina que s'ils acceptaient ma candidature, ce serait pour enquêter, rédiger des articles de fond sur la vie du collège et du lycée… J'avais l'air de quoi, moi, maintenant ?

Ça faisait hyper longtemps que j'avais décidé d'être journaliste. Au moins six mois. Très précisément depuis que j'avais vu les deux premières saisons de *Betty Scoop reporter*. Elle exerçait un métier de rêve, cette fille-là. Elle enquêtait du matin au soir sur de sombres mystères qu'elle résolvait les doigts dans le nez, côtoyait toutes sortes de célébrités, et la terre entière se ruait sur le journal pour lire ses articles. Détail important, elle passait son temps à se gaver de glaces Ben & Jerry's sans jamais prendre un gramme. Inutile de préciser que personne n'aurait jamais osé proposer la rubrique « Hobbies et Passions » à Betty Scoop.

J'ai tendu la main vers mon portable, sans conviction. J'avais promis à Mina de l'appeler dès que j'aurais la réponse, mais là, je ne le sentais vraiment pas. Il fallait que je digère ma déception, pour le reste on verrait plus tard.

J'ai planqué la lettre sous mon oreiller et suis sortie de ma chambre pour aider gentiment Célestin à enfiler son pyjama. C'est dire à quel point j'étais déstabilisée !

Repas froid

Quand maman a crié « À table ! », mon frère et moi on s'est précipités dans l'escalier. Je suis arrivée la première en bas, pour une fois je n'étais pas d'humeur à le laisser passer devant.

« À table », c'était une façon de parler, parce que sur la nappe il n'y avait rien de rien, même pas le couvert. J'ai soupiré bruyamment et je me suis résignée à aller chercher trois assiettes, trois couteaux, trois fourchettes et trois verres. Je les ai posés le plus brutalement possible sur la table, histoire qu'on comprenne à quel point cette corvée me pesait, et j'ai demandé :

– Qu'est-ce qu'on mange ?

Pas de réponse. Donc on allait « grignoter ». Du jambon sous vide avec un gros sac de chips ou alors une boîte de raviolis tièdes avec du râpé qui ne fond pas. Ma mère, je ne sais pas comment elle se débrouille, mais elle est toujours débordée. Pourtant elle travaille à la maison : elle écrit des histoires pour les enfants, des histoires que je ne lis plus depuis longtemps mais que Célestin adore. Avant, mon père illustrait ses albums, c'est son métier, il est graphiste.

En tout cas, écrivain ou pas, ma mère a beau être là du matin au soir, elle a toujours une machine à laver en retard, elle manque de temps pour s'occuper des courses et du ménage, alors cuisiner, n'en parlons pas.

On vit dans un joyeux désordre, mais comme je n'ai pas vraiment l'intention de passer le brevet de fée du logis, ça ne me gêne pas. Bien sûr de temps en temps, je rêve de gratins croustillants et de crumbles aux fruits rouges, mon dessert préféré. Mais ça, depuis que papa n'est plus là, c'est fini.

Les raviolis n'étaient pas tièdes, ils étaient froids. Mon frère chipotait dans son assiette en papotant, maman l'écoutait distraitement. Moi je n'arrêtais pas de penser aux *Brèves d'Albert* et au démarrage un peu bancal de ma grande carrière de journaliste. J'avais la tête ailleurs si bien que lorsque le drame a éclaté, il m'a fallu quelques secondes pour atterrir. Ma mère était en train de crier :

– Célestin, maintenant ça suffit !

J'ai regardé le nain, puis son assiette, et j'ai compris : les raviolis froids, ce soir, ça ne passait pas ! Le visage de mon petit frère était maculé de sauce tomate, son front et ses joues avaient viré au rouge colère, et ses yeux contenaient à grand-peine de quoi remplir un bol de larmes. Ça n'a pas loupé, il a explosé en hurlant :

– Papa, il me forçait jamais à finir, lui !

On avait déjà joué cette pièce plusieurs fois ces dernières semaines, on connaissait nos rôles par cœur. Maman est devenue aussi blanche que le carrelage de la salle de bains, le nain a bloqué sa respiration et moi, je n'avais plus qu'à remplir mon office de bouffonne de service.

– Ben alors mon gros Babou, des raviolis à la chair de dragon, ça ne se refuse pas !

Qu'est-ce qu'il dirait le chevalier qui a trucidé la grosse bête s'il te voyait, hein ? Qu'est-ce qu'il dirait ?

Pendant que je bêtifiais, maman a débarrassé son couvert sans nous regarder, puis elle est sortie fumer une cigarette dans le jardin. Mon petit frère a encore sangloté une ou deux minutes pour la forme, pendant que j'engloutissais ses raviolis gélatineux, la mine gourmande. Ensuite je me suis essuyé la bouche et je l'ai pris dans mes bras. J'adore l'embrasser quand il a du chagrin, il se laisse aller contre moi, tout mou, tout tendre, et ses joues mouillées ont un goût de caramel salé.

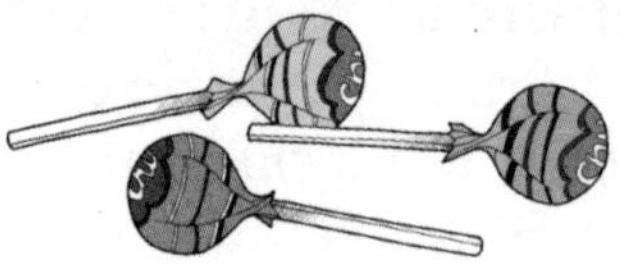

J'ai mis longtemps à m'endormir ce soir-là. Je pensais à papa, au journal, à la lettre, à la rubrique Hobbies et Passions, à maman qui ne parlait jamais de rien, à papa, au journal…

Un inévitable moment de solitude

J'ai parlé de la lettre à Mina en EPS, pendant qu'on courait autour du stade. Huit tours, ça laisse le temps de bavarder et pendant ce temps-là la prof peut fumer deux ou trois clopes tranquille. Elle croit qu'on ne la voit pas, planquée derrière un poteau comme une gamine.

Quand je lui ai précisé de quelle rubrique je serais chargée, Mina s'est fichue de moi, mais pas trop, parce que c'est ma meilleure copine depuis le CP.

– Hobbies et Passions ! Trop de la balle ! Wahou, les articles, je vois ça d'ici ! Tu vas pouvoir enquêter sur les coussins brodés de la CPE et aussi sur cette fille de cinquième, tu sais, Mélanie, celle qui participe à des concours de mini-miss !

– Très drôle !

– Non mais sans blague, qu'est-ce qui leur prend aux *Brèves* ? « Hobbies » en plus, ça se dit plus, où est-ce qu'ils sont allés chercher un truc pareil ?

– Ça se disait peut-être avant… Tu sais, ils sont beaucoup plus vieux que nous, ils sont en terminale ou en première. C'est pour ça qu'ils voulaient quelqu'un du collège, pour apporter du sang frais… heu, non, du sang neuf. Enfin bon, je les ai appelés, je mange avec eux à midi, j'en saurai plus !

– Mademoiselle est invitée au self du lycée ? La classe ! Tu vas leur annoncer que tu refuses de te charger de leur rubrique moisie ?

Je l'ai regardée, elle ne plaisantait pas.

– Bien sûr que non, je ne refuse pas ! Je vais la jouer stratégique, au moins mon père ne m'aura pas appris à jouer aux échecs pour rien. Je vais accepter, mais une fois que je serai dans la place, on va voir ce qu'on va voir !

Après on s'est tues, on était déjà essoufflées et il nous restait encore sept tours de stade.

Albert-Camus, c'est grandiose. Des hectares et des hectares de parc, au beau milieu desquels s'élèvent trois bâtiments presque neufs : mon collège et sa cantine pourrie, le lycée et son self absolument génial, et au milieu ce qu'on appelle « les parties communes », composées d'un gymnase, de deux salles d'arts plastiques, d'un CDI et d'un amphithéâtre. Pour un peu, on se croirait sur un campus américain, comme dans les films.

Quand j'ai franchi la porte du self, j'ai redressé les épaules pour paraître plus grande, plus mûre, plus vieille.

Le self du lycée, c'est la principale motivation des troisièmes pour passer en seconde. Déjà, ça marche avec une carte à puce qu'il faut introduire dans un lecteur optique, alors qu'au collège on a un système de tickets minable comme dans le primaire. Ensuite, la nourriture est super bien présentée, derrière des vitrines réfrigérées, avec des petites feuilles de salade pour décorer. Pour un peu on croirait presque que ça risque d'être bon.

On s'est installés avec nos plateaux puis le rédacteur en chef, Thomas, est entré dans le vif du sujet.

– Bon je récapitule l'essentiel pour Pomme. Notre journal, c'est huit pages qui paraissent après chaque période de vacances. On aborde tout ce qui fait la vie d'Albert-Camus, tant la partie collège que la partie lycée. Les articles doivent être rendus huit jours avant la parution, c'est le délai nécessaire pour la mise en pages et l'impression. On s'autorise un ton libre, parfois impertinent, il n'y a aucune censure mais on évite les polémiques, ça n'apporte rien. Bref, on tente d'être les plus pros possible. Notre équipe se compose de quatre journalistes, avec toi ça fera cinq. Les élèves peuvent nous proposer des piges, des articles sur des sujets qui leur tiennent à cœur. On accepte ou pas, en fonction de notre ligne éditoriale. Si tu veux, on va faire un tour de table, chacun se présente et t'explique son rôle, OK ?

J'ai hoché la tête. Je me sentais toute petite, même si j'avais relevé mes cheveux en chignon pour paraître plus mûre. C'est la fille qui a commencé :

– Je m'appelle Lucie, je suis en terminale, j'ai dix-sept ans. Je travaille aux *Brèves* depuis quatre ans, j'ai commencé en troisième, moi aussi. Je rédige essentiellement des papiers de fond sur l'économie et la société, et je supervise mise en pages et impression avec les mecs du lycée professionnel, tu sais, Jean-Rostand, à côté de la gare. En parallèle, je prépare la mise en ligne du journal pour la rentrée prochaine.

Oups, ça en jetait, si j'avais su, je me serais fait deux chignons ! Le rédac chef a pris son tour.

– Tu me connais déjà un peu. Thomas, dix-huit ans, terminale. Je veille au respect de la ligne éditoriale et j'anime la conférence de rédaction. Je gère la page culturelle et je rédige aussi un édito, un billet d'humeur si tu préfères. Ah oui, j'assure le relationnel avec le directeur du bahut.

Au suivant !

– Moi, c'est Mathias, je couvre la totalité des événements sportifs du bahut et je suis responsable de la rubrique Invités d'honneur. Dans chaque numéro, on offre deux pages à une classe, j'aide les élèves à choisir les sujets et à écrire les articles. Je suis en terminale.

Restait le dernier, celui qui était tout ébouriffé et qui n'a pas pris la suite, trop occupé à contempler rêveusement le mur en mâchonnant ses frites. Thomas a essayé de le réveiller :

– Hé, Arthur, t'es là ?

Il a sursauté avant de se poser doucement parmi nous.

– Heu, désolé. Arthur, dix-sept ans, en première. Je m'occupe de l'actu et des faits divers. Je suis aussi le photographe du journal.

C'est à ce moment que j'ai senti se profiler un inévitable et vaste moment de solitude. Thomas s'est tourné vers moi en souriant.

– À ton tour, Pomme !

La boulette

Je n'ai pas pu répondre tout de suite, je me débattais avec une énorme bouchée de viande ultra-nerveuse, impossible à avaler en l'état. J'ai agité les mains pour leur montrer que j'avais la bouche pleine.

Trois options se présentaient : me coincer la boulette dans la joue au risque de ressembler à un hamster géant, recracher dans ma main parce que bien sûr je n'avais pas pris de serviette, ou déglutir au péril de ma vie.

Je me suis surprise moi-même en choisissant la deuxième solution et je me suis retrouvée avec un gros paquet de viande grise et tiède au creux de la paume. Les garçons ont fait comme si recracher sa viande était l'acte le plus naturel du monde, mais Lucie a haussé les sourcils, l'air dégoûtée.

C'est grâce à ça que j'ai compris qu'elle et moi on ne serait jamais copines, le genre de fille qu'il fallait chatouiller longtemps avant qu'elle ne daigne sourire.

Je me suis raclé la gorge.

– Moi c'est Pomme, j'ai quinze ans, je suis en troisième. Je veux être journaliste plus tard et je lis les *Brèves d'Albert* depuis la sixième. Je trouve que vous faites un super boulot et je suis ravie d'y participer. Je commence quand vous voulez !

Lucie a demandé à Thomas :

– Elle est au courant pour la rubrique ?

Il a regardé son assiette, le carrelage, la porte du fond, et enfin il a dit :

– Lucie a eu l'idée de te confier la nouvelle rubrique, Hobbies et Passions. On l'a évoqué dans le courrier, je crois ?

Alors comme ça, c'était à mademoiselle « Je supervise » que je devais ce truc à la ramasse.

J'ai essayé de sourire :

– Oui, mais c'est vrai que…

Je n'ai pas eu le temps de finir, elle m'a coupée :

– Tu débutes, on préfère que tu te fasses la main sur des choses sans conséquence, parce que sinon…

De mieux en mieux, journaliste à la rubrique Choses sans conséquence, mon rêve !

La bouche pleine, Arthur le photographe a volé à mon secours.

– Dites donc, on avait aussi parlé d'un autre truc, non ?

Là, j'ai senti qu'il venait de gaffer, genre gros maladroit qui ne sait pas tenir sa langue. Thomas l'a regardé en soupirant, Lucie a secoué la tête comme si Arthur était un crétin incurable et Mathias a continué à ruminer en fixant obstinément sa platée de frites. J'avais vraiment envie d'en savoir plus, j'ai insisté :

– Tu peux préciser ?

Il a grattouillé paresseusement sa tignasse puis, imperméable à la gêne des autres, a poursuivi :

– OK. C'est pas la peine d'être hypocrites, on sait que si on a recruté quelqu'un, c'est pour obtenir la subvention du rectorat. Grâce à ça, on aura un nouvel ordi portable, une imprimante, un peu de mobilier, etc. Mais bon, il me semble que s'il y a un journaliste de plus dans l'équipe, c'est mieux de lui confier une vraie mission, non ? Clairement, sur l'actu et les faits divers, j'ai trop de taf.

Avec les photos en plus, je ne peux pas suivre. Donc je propose que Pomme bosse avec moi à chaque fois que Thomas le jugera possible.

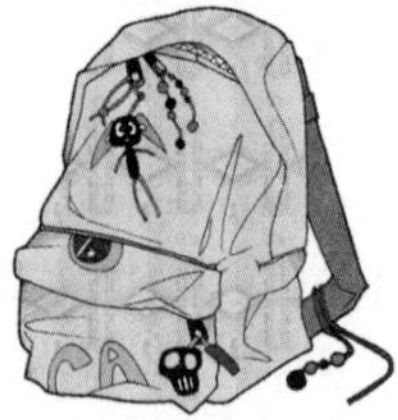

J'ai entendu une mouche voler, puis deux, puis trois. J'entendais aussi mon cœur battre comme un dingue, l'actu et les faits divers, le rêve ! Lucie a posé ses couverts dans son assiette avec des petits gestes secs, en respirant à fond pour qu'on voie à quel point elle était contrariée. Thomas semblait au comble du malaise et Arthur a définitivement fichu le bazar en ajoutant :

– Lucie, arrête ton cinéma, t'as peur de quoi, là ? Qu'elle bosse mieux que toi, qu'elle te fasse de l'ombre ? Hobbies et Passions, franchement, c'est une idée ridicule ! Enfin Thomas, ce qui compte, c'est le journal, pas les humeurs de mademoiselle !

Le rédac chef a essayé de reprendre la main :

– Heu, je crois qu'il a raison, Lucie. Une rubrique actualité plus développée, plus réactive, je crois que ça peut intéresser nos lecteurs, non ?

Mais Lucie n'écoutait plus, elle s'éloignait déjà en faisant claquer sèchement ses talons sur le carrelage du self.

Soupir collectif, Arthur a tenté de s'excuser sans conviction.

– J'ai été trop loin ?

Puis Thomas a conclu :

– T'inquiète. J'arrangerai ça avec elle. Occupe-toi de Pomme.

Adieu jardin secret

On s'est retrouvés tous les deux, Arthur et moi. J'ai posé la boulette sur mon plateau, contente de m'en débarrasser sans subir un nouveau regard réprobateur de Lucie. Je n'avais plus faim, le stress m'avait coupé l'appétit.

J'ai proposé à Arthur de finir mon assiette et j'ai aussi poussé vers lui ma portion de camembert et le petit bol de semoule. Il a englouti les frites froides et, la bouche toujours pleine, m'a expliqué :

– T'inquiète pas. Lucie, c'est la seule fille de la rédaction, elle supporte pas qu'une autre nana nous rejoigne. C'est la copine de Thomas, elle est hyper jalouse. Et comme t'es…

J'ai rougi pendant qu'il avalait. Il allait se fendre d'un compliment gros comme ça, du genre « T'es super mignonne », « T'es trop canon », « T'es une vraie bombe ». Je lui ai souri timidement pour l'encourager et il a fini sa phrase :

– Ouais, comme t'es une fille, ça lui fout la trouille, même s'il n'y a aucune raison.

Voilà voilà voilà… Côté compliments, il n'était pas au point, le photographe. Pas le genre de remarque dont je me vanterais devant Mina. Il a continué en s'attaquant au fromage. Au sien, puis au mien, sans faire de pause.

– Bon, l'actu, c'est vraiment une rubrique sympa. Tu ne t'ennuies jamais : des vols de vélos, de scoots, de téléphones, des nouvelles de la santé d'untel, les voyages scolaires, les travaux dans le bahut, les projets de classe… Il y a aussi des sujets un peu plus piquants quelquefois, tu verras. Moi, je n'enquête pas, c'est pas mon truc. Je me contente de rapporter les faits et surtout de prendre des photos, ça j'adore. S'il se passe quelque chose de spécial et que tu as envie d'aller plus loin, te gêne pas, ça trouvera toujours sa place dans le journal. Bref, il y a largement assez de travail pour nous deux.

Finalement, j'aurais bien mangé la semoule, mais c'était trop tard, il venait de plonger sa cuillère dedans. Il a dégusté sa première bouchée d'un air rêveur, les yeux dans le vague, et j'ai eu l'impression qu'il n'était plus avec moi. Le style de mec qui passe beaucoup de temps à gambader sur une autre planète, seul de préférence.

J'ai hésité à le déranger, puis j'ai quand même murmuré :

– Les sujets, vous les choisissez comment ?

Il m'a regardée, un peu surpris. L'espace d'un instant, j'ai cru qu'il allait me demander comment je m'appelais et ce que je faisais là. Mais non.

– Ça dépend. Soit on a directement les idées, soit les profs nous donnent des pistes, les élèves aussi, on reçoit régulièrement des mails avec des suggestions. Après c'est Thomas qui répartit le boulot. À mon avis tu vas démarrer très rapidement, on ne manque pas de sujets à traiter. Si tu veux, la première fois, je t'aiderai à rédiger. Lucie a décrété que je serais ton tuteur, elle ne voulait surtout pas que Thomas s'occupe de toi. Ça ne me dérange pas, au contraire, j'adore bosser en équipe.

Je l'écoutais avec tellement d'attention que j'avais l'impression que mes oreilles vibraient. Bye-bye « Hobbies et Passions », j'allais devenir la reine de l'actu et des faits divers, celle à qui rien n'échappe, celle qui signe ses articles d'un P.R. qui veut dire POMME RAVAILLEC !

Sauf qu'il a ajouté :

– Petite précision, on a tous un pseudo. On en change à chaque numéro et les lecteurs ne savent pas qui est derrière tel ou tel papier. C'est le choix de Thomas, il préfère qu'on garde l'anonymat, pas de mise en avant de l'un ou de l'autre. Ça te va ?

J'ai menti très naturellement :

– Ça me paraît normal, on forme une équipe, non ?

Il a hoché la tête puis m'a donné un tas de détails sur la paperasserie, le bureau du journal, les conférences de rédaction. Quand il a parlé d'autorisation parentale, j'ai eu soudain la sensation de mordre dans un citron. Adieu, jardin secret…

Il m'a demandé :

– Ça te pose un problème ?

– Tu rigoles ? Mes parents, ils me suivent toujours les yeux fermés.

Pinocchio pouvait aller se cacher, je bobardais cent fois mieux que lui ! Arthur m'a tendu un dossier.

– T'auras qu'à le lire ce soir, c'est bourré d'infos. Tu trouveras nos numéros de téléphone. Si t'as la moindre question, appelle-moi.

Il m'a adressé un clin d'œil en se levant :

– Tu verras, c'est génial. Une fois qu'on y a goûté, on ne peut plus s'en passer. Heu, je voulais te dire aussi… Je suis content que ce soit toi, d'après ce que m'a dit Thomas, de toutes les candidates, t'étais de loin la plus sympa.

Je n'ai même pas rougi. Je lui ai servi mon plus beau sourire, celui qui creuse trois fossettes en haut de ma joue gauche. Hyper craquant, d'après Mina.

Une toute petite enveloppe

Exceptionnellement, je n'ai pas filé droit dans ma chambre en rentrant à la maison. Je suis passée par le salon pour embrasser ma mère et mon frère. J'ai balancé mon sac à dos sur la table basse et Célestin a stridulé comme si une guêpe venait de le piquer sur la langue. C'est très sensible, la langue !

Maman a juste dit :

– Pomme, franchement, tu pourrais faire attention, on était en train de jouer au Memory ! Regarde-moi ce chantier, maintenant !

Pas de Louloutte, hum, le moral ne devait pas être au plus haut. J'ai retiré mon barda de la table, les cartes étaient toutes en vrac.

Mon frère s'est brusquement arrêté de hurler quand ma mère a ajouté d'une voix blanche :

– Ton père a glissé un mot pour toi dans la boîte aux lettres. Je l'ai posé sur ton bureau.

Je l'ai regardée mais elle a vite baissé les yeux. Pendant que je montais au premier, j'ai entendu le nain crier :

– Et moi, j'ai pas de mot de papa ? Hein, dis, moi, j'ai pas de mot ?

C'était une toute petite enveloppe. Maman l'avait ouverte, c'était évident. Le rabat était gondolé et mouillé, elle avait dû le lécher frénétiquement pour le recoller.

Ma Pomme,

J'avais envie de t'écrire quelques mots. Les SMS c'est bien, mais à mes yeux ça ne remplacera jamais l'encre et le papier.

Je travaille sur un nouvel album, Les saisons de Mars, *c'est bizarre, l'héroïne a des taches de rousseur sur le nez, exactement comme toi…*

J'ai vraiment apprécié l'après-midi qu'on a passé ensemble l'autre jour, j'étais sûr que tu adorerais Vol au-dessus d'un nid de coucou. *Si tu veux, d'ici une semaine ou deux, je viendrai te chercher après les cours, on pourra retourner au cinéma et emmener Célestin, ils projettent* Ratatouille *au Wagram.*

Je n'ai pas écrit à ton petit frère, il ne sait pas lire, embrasse-le très fort pour moi.

Je t'appelle bientôt.

Papa

Célestin ne sait pas lire, tu parles d'un scoop ! Et alors ? Il ne pouvait pas lui envoyer un petit dessin, à mon Babou ? J'ai attrapé mon carnet de croquis et me suis appliquée à reproduire les Barbapapas : Barbalala, Barbabelle, Barbibul, Barbouille, la smala au grand complet. En bas, j'ai signé « Papa ».

Après, j'ai relu lentement la lettre. « On pourra retourner au cinéma… » Le Wagram, depuis son départ, c'était devenu notre Q.G. Quand on se voyait, on passait toujours deux heures devant un film, comme ça au moins il était sûr que je ne l'embêterais pas avec mes questions !

J'avais bien essayé de lui demander pourquoi on n'allait pas chez lui et d'en savoir un peu plus sur les raisons de son départ, mais à chaque fois il restait évasif ou changeait de sujet. Il me répondait qu'il n'avait pas encore d'appartement, qu'il était hébergé à droite à gauche, chez des copains... Quant à sa nouvelle vie, elle n'était pas stabilisée, il ne pouvait pas m'en dire plus, c'était prématuré... Du flou, rien que du flou.

Moi, je préfère les SMS à l'encre et au papier. J'ai tapé « OK ciné. J'ai été embauchée aux *Brèves d'Albert* », et j'ai envoyé. Il a répondu aussi sec : « Bravo ! Très heureux pour toi, ma Pomme ! » J'ai grimacé, mais c'était pour la forme. Au fond, j'étais contente qu'il me réponde si vite et qu'il soit fier de moi.

Je suis redescendue offrir mon chef-d'œuvre au nain.

– Tiens, regarde ce que papa a dessiné pour toi.

Maman n'a pas pu s'empêcher d'avoir l'air surprise et je l'ai regardée droit dans les yeux, histoire qu'elle comprenne que je savais, pour l'enveloppe.

Célestin était aux anges. Les Barbapapas, pour l'instant il n'en demandait pas plus. Il a attrapé une feuille, des craies grasses, et s'est dépêché de gribouiller un bonhomme avec un grand sourire pour mon père.

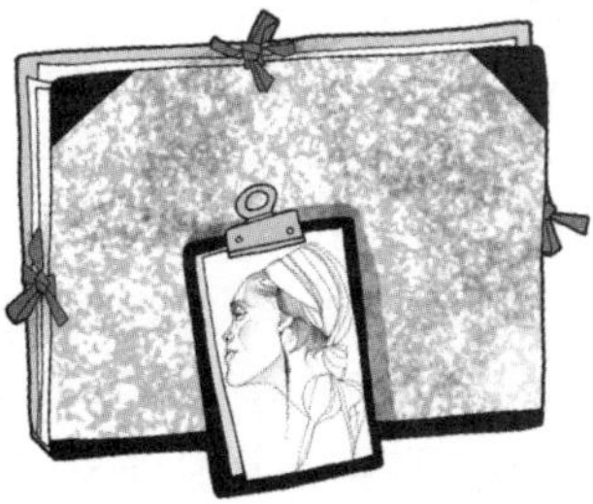

Je me suis couchée de bonne heure, en musique, la bande originale de *Requiem for a dream* à fond dans les écouteurs. Ma mère a dû frapper super fort à la porte pour que j'entende enfin son toc-toc-toc. Elle a entrouvert.

– Je peux entrer ?

J'ai allumé ma lampe, j'ai éteint la musique et elle est venue s'asseoir au bord de mon lit.

– C'est difficile tout ça, hein ?

J'ai hoché la tête en silence, puis j'ai fini par dire d'un ton las :

– J'ai envie de savoir ce qui se passe. Je ne comprends pas pourquoi papa met si longtemps à s'installer, pourquoi il ne veut jamais parler de tout ça, pourquoi c'est pas plus simple. Je voudrais qu'il y en ait au moins un de vous deux qui m'explique.

Elle a inspiré à fond et, l'espace d'un instant, j'ai cru qu'elle allait enfin lâcher le morceau. Mais non.

– Je ne peux rien te dire, ma Louloutte, je ne peux pas te répondre à sa place. Les explications, il s'en chargera quand il sera prêt, c'est ce dont on a convenu.

Et voilà. Toujours le même discours, qui ne variait pas d'un mot depuis que papa s'était envolé. Presque trois mois déjà. En plein milieu de l'été, alors qu'on rentrait à peine de vacances. Un beau matin, abracadabra, plus de papa, disparu. Restait juste une mère pâle et muette. Un vrai choc, plein de fissures soudaines dans mon cœur et dans ma tête. Et le silence autour de son départ n'arrangeait rien.

Pas la peine d'insister, elle ne dirait pas un mot de plus. J'ai changé de sujet.

– J'ai un papier à te faire signer.

J'ai farfouillé dans mes affaires et lui ai tendu l'autorisation parentale.

Elle l'a lue attentivement, puis elle a sifflé, admirative.

– Wahou ! Te voilà journaliste, mon cœur, bravo !

J'étais contente mais je ne l'ai pas trop montré, j'ai joué la fille blasée.

– Ouais, c'est cool !

C'est là qu'elle a ajouté le truc qui tue :

– Si tu veux, je t'aiderai à écrire tes articles !

NON ! PITIÉ !

Première enquête

Mon portable a vibré pendant le cours de français. La prof a levé les sourcils, balayé la classe du regard puis, dépitée de ne pas avoir découvert le coupable, s'est retournée vers le tableau en soupirant. C'était un texto d'Arthur : « réu 10 heures bur ». Trop classe. J'allais louper la récré et le quart d'heure potins avec Mina, mais on se rattraperait en physique.

Le bureau des *Brèves*, c'est comme un placard avec une fenêtre. Arthur était là, des papiers plein les mains.

– Salut Pomme. J'ai besoin de toi.

Il n'y avait rien pour s'asseoir, même pas un pauvre tabouret, alors je suis restée debout pendant qu'il continuait.

– C'est pas exactement un article qu'il nous faut sur ce coup-là, c'est plutôt une petite enquête pour calmer le jeu, ça devrait pas te prendre trop de temps.

Une enquête ! Et on avait pensé à moi ! Génial !

– On est un peu charrette en ce moment, alors Thomas s'est dit que tu pourrais voir ça. Voilà, c'est cette fille, Flore Renoir. Elle a seize ans, elle devrait être en seconde A, mais elle ne s'est pas présentée le jour de la rentrée et depuis, personne n'a de nouvelles.

Flore, je la connaissais. Une fille jolie, très douée en dessin, qui parlait à tout le monde, pas pimbêche.

Il a continué :

– Ses amis harcèlent Thomas pour qu'il publie un avis de recherche dans le journal, sauf qu'on ne tient vraiment pas à rentrer dans ce genre de jeu. Depuis les vacances, elle n'a pas donné signe de vie, elle ne répond ni au téléphone ni aux mails, elle n'ouvre pas la porte. Alors la rumeur a pris le relais : elle a fugué, elle est séquestrée, elle a été assassinée, enfin, je te laisse imaginer. Au niveau de l'établissement, on sait juste que cette année elle suit des cours par correspondance.

Je me suis assise sur un coin du bureau pendant qu'il s'enfournait une Chupa dans la bouche.

– Prends-en une si tu veux... En clair, il faut savoir ce qu'est devenue Flore, essayer de la contacter pour qu'elle donne de ses nouvelles par le biais du journal, par exemple. Histoire d'apaiser les esprits. Ils commencent à parler d'une pétition ou d'une grève des cours jusqu'à ce qu'on leur dise la vérité, tu vois le genre !

– Et comment je procède ?

– Tiens, voilà la liste de ceux de ses amis qui se sont manifestés auprès de nous. Tu discutes avec eux, t'essaies d'appeler chez Flore de la part du journal. Si elle ne répond pas, tu vas sonner chez elle, on ne sait jamais, elle t'ouvrira peut-être. C'est à dix minutes en bus. Si rien ne marche, on avisera. Tu peux t'en occuper aujourd'hui ?

M'en occuper aujourd'hui... Pas de problème, je ferais une croix sur le repas de midi et j'avalerais un casse-dalle, comme une pro.

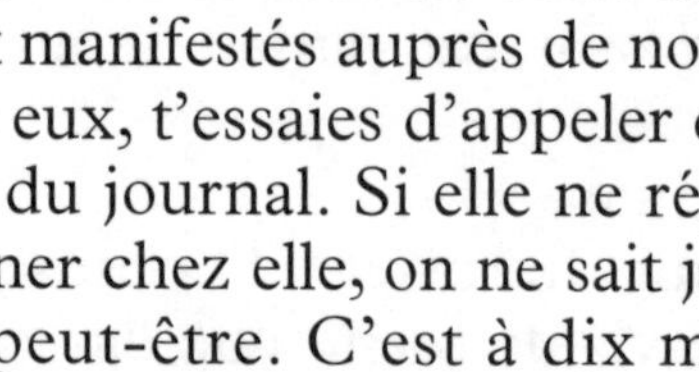

J'ai regardé la liste que m'avait donnée Arthur, rien que des secondes. Je les connaissais de vue, surtout un, Houbou, le plus beau garçon d'Albert-Camus, et peut-être de la ville entière. C'est lui que je rencontrerais en premier, ne serait-ce que pour avoir le plaisir de voir Mina verdir de jalousie quand je le lui annoncerais.

Houbou

Elle n'a pas verdi, Mina, elle a juste boudé.

– On se voit pas à la récré, tu ne manges pas avec moi… Tout ça pour les *Brèves*. En plus, Flore, sa vie, son œuvre, ça ne regarde personne. Enfin si je comprends bien, on va passer de moins en moins de temps ensemble, c'est ça ? Excuse-moi de cacher ma joie !

J'ai essayé de la rassurer avec le premier truc qui m'a traversé l'esprit.

– T'inquiète pas, c'est comme quand t'as un nouveau portable, tu passes des heures à jouer avec, après tu te calmes. Ben là c'est pareil, je démarre, alors j'y vais à fond. Ça se tassera, promis.

Ma comparaison avec le portable, elle l'a trouvée nulle. Elle ne l'a pas dit, mais ça se voyait.

Elle a marmonné :

– Je te laisse, je vais manger avec Sabrina.

Un vrai coup bas. Sabrina, c'est ma pire ennemie depuis la sixième, une pure chipie. J'ai haussé les épaules comme si je m'en fichais royalement et je suis partie à la recherche d'Houbou.

Je le connaissais un peu, l'année dernière il avait participé à l'atelier Arts Graphiques que mon père animait au bahut une fois par mois. J'y assistais aussi, comme Flore d'ailleurs.

J'ai trouvé Houbou sur le terrain de basket. Il s'entraînait tout seul à marquer des paniers. Il a continué lorsque j'ai commencé à lui parler.

– Salut, je ne sais pas si tu te rappelles de moi, on était ensemble à l'atelier Arts Graphiques…

Il a hoché la tête en faisant rebondir son ballon.

– Il paraît que vous vous inquiétez pour Flore ?

– Ouais.

Vraiment très beau, mais pas bavard. Il avait l'air de se demander de quoi je me mêlais, alors j'ai rembobiné :

– Si je t'en parle, c'est que cette année je travaille aux *Brèves d'Albert*. J'essaie d'obtenir des infos sur Flore pour rassurer tout le monde.

Nouveau rebond, nouveau hochement de tête. J'ai pris ça pour un encouragement.

– Cet été, pendant les vacances, t'as eu de ses nouvelles ?

– Ouais. On s'est envoyé des mails et on s'est téléphoné pas mal de fois. Elle allait bien, elle passait l'été chez ses grands-parents, dans les Alpes.

– Elle est peut-être restée là-bas.

– Non. Elle m'a appelé à son retour, c'est son numéro d'ici qui s'est affiché.

J'ai cru qu'il allait continuer mais il a juste lancé son ballon.

– Et qu'est-ce qu'elle t'a dit ce jour-là ?

– Rien. Elle a laissé un message pour proposer qu'on se voie. Quand j'ai voulu la rappeler, j'ai jamais pu la joindre, je suis tombé à chaque fois sur la messagerie.

– Tu sais si elle a contacté ses autres amis ?
– Non, que moi.
– T'as été voir si elle était chez elle ?
– Ouais.
– Et alors ?
– Rien. Soit il n'y avait personne, soit ils n'ont pas voulu m'ouvrir.

Je suis restée silencieuse deux minutes, le temps de prendre quelques notes. Écrire debout, sans appui et sans tirer la langue, en ayant l'air parfaitement à l'aise, mon nouveau challenge.

– T'as une idée de ce qui a pu lui arriver ?

Il a secoué la tête, mais c'était bizarre, j'avais l'impression qu'il rougissait. J'ai osé :

– C'était ta copine ?
– Oui.

Il a baissé les yeux, j'ai eu le temps de voir qu'ils brillaient, comme s'il avait envie de pleurer.

Elles courent, elles courent les rumeurs

Je suis passée prendre un sandwich à la cantine en consultant la liste qu'Arthur m'avait donnée. Restaient les filles. Justine, Sian, Julia, Laurie et Alice, que j'avais souvent croisées quand elles étaient encore au collège. Elles se trouvaient sous le tilleul, devant les « parties communes », en train de pianoter sur leur portable. Elles n'ont pas levé la tête quand je suis arrivée.

– Salut, je bosse aux *Brèves d'Albert*, je viens vous voir au sujet de Flore.

Là, elles ont daigné quitter leur téléphone du regard mais j'ai senti que ce n'était pas pour longtemps, je me suis dépêchée :

– Il paraît que vous êtes inquiètes ? Vous avez peur qu'il lui soit arrivé quelque chose ?

Julia, une petite blonde, a répondu en levant haut son menton pointu.

– On n'a pas peur qu'il lui soit arrivé quelque chose, on SAIT qu'il lui est arrivé quelque chose. Et que c'est grave, très grave, hyper grave.

Les autres ont hoché la tête d'un air convaincu, sauf Laurie qui a de nouveau fixé son portable avec passion. Aucun doute, la meneuse, c'était Julia. D'ailleurs elle a continué :

– De toute façon, si vous ne faites rien, nous on collera des avis de recherche partout dans la ville.

Je préférais ne pas penser à la tête des parents quand ils tomberaient sur la photo de leur fille placardée sur les réverbères ! J'ai proposé :

– Elle a peut-être décidé de changer de vie, de rester chez elle, ou si ça se trouve, elle est malade, tout simplement.

La blondinette a ricané et les autres ont suivi.

– C'est ça, ouais, tellement malade qu'elle ne peut pas répondre au téléphone, ni aux mails, ni aux lettres ! Sacré microbe !

– Et alors, tu penses qu'il lui est arrivé quoi ?

– Elle a peut-être été enlevée… ou je crois plutôt que c'est son père qui la séquestre, il a une drôle de tronche ce type-là.

Pour me donner une contenance, j'ai griffonné quelques mots sur mon carnet, puis j'ai précisé :

– Écoutez, on va essayer de se renseigner, on vous tiendra au courant.

J'avais envie d'ajouter : « Comme ça vous arrêterez de répandre des bruits malsains », mais je me suis tue.

La demoiselle voulait avoir le dernier mot, elle a conclu en me regardant du haut de sa toute petite taille :

– C'est pas compliqué, si vous ne faites rien on avertira la presse, enfin, la vraie… Mon oncle travaille au *Soir*, ça sera pas difficile.

J'étais assise tranquille sur un banc, j'essayais de récapituler – *une fille de seconde qui ne revient pas à la rentrée et qui refuse tout*

contact, une bande de pestes qui lancent des rumeurs sur sa disparition, un copain malheureux – quand on m'a tapé sur l'épaule. C'était Laurie.

– Je n'ai pas beaucoup de temps, elle a chuchoté, elles croient que je suis aux toilettes. C'est pas vrai ce qu'elle raconte, il est très sympa le père de Flore. Mais Julia ne peut pas s'empêcher de raconter n'importe quoi. En plus l'année dernière, c'est à peine si elle adressait la parole à Flore, elles ne se connaissent quasiment pas. Je crois que ça l'amuse de mettre tout le monde en panique.

Je n'ai pas pu m'empêcher de demander :

– Pourquoi tu restes avec elle ?

– On est une bande. Et puis comme Flore n'est pas revenue à la rentrée, je me sentais seule, alors... Je voulais te dire aussi, Houb non plus ne croit pas ce que Julia raconte. Alors si tu pouvais parler à Flore, ça nous rassurerait, et puis les autres arrêteraient leur cirque, enfin j'espère. Bon, je file.

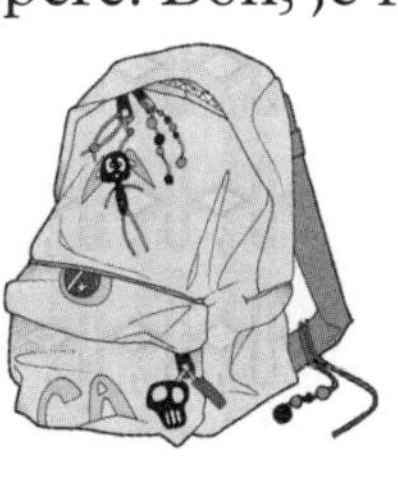

Moi aussi, fallait que j'y aille. On avait physique, ma matière préférée, parce que c'était la seule où on pouvait discuter tranquilles avec Mina sans prendre la peine de se cacher. On ne risquait rien, en général le prof dormait. En début d'année, il nous avait expliqué qu'il était malade, qu'il souffrait de narcolepsie et qu'il risquait de s'assoupir en plein milieu d'une phrase. Surtout, on ne devait pas hésiter à le réveiller.

La classe s'était concertée et avait choisi une autre option : surtout, ne pas hésiter à le laisser roupiller.

Bingo !

D'habitude à dix-sept heures, après les cours, je passe au moins trois quarts d'heure à discuter avec Mina. Je ne sais pas comment on se débrouille, mais on a toujours des trucs à se dire. Ou alors on reste plantées devant la grille, en silence, ça ne nous gêne pas, on est bien. Avec nous il y a souvent Yacine, Lison, et aussi Emma et Manu, sauf qu'eux ne discutent pas, ils passent leur temps à s'embrasser.

Ce soir-là, pour la première fois depuis la rentrée, je n'ai pas traîné. J'ai filé au bureau des *Brèves*. Il y avait de la lumière, je suis entrée et j'ai eu aussitôt envie de ressortir. Derrière le bureau, cette fois, c'était Lucie.

Elle m'a regardée et elle a dû penser très fort : « Qu'est-ce que tu fiches ici ? », parce qu'il m'a semblé l'entendre. À sa question muette, j'ai répondu :

– Je ne reste pas, je viens juste téléphoner. Pour le journal, pas pour moi.

– Attends, on paye déjà un forfait de portable pour l'équipe, tu ne vas pas en plus utiliser le fixe, si ?

– Je ne savais pas qu'il y avait un portable. Il est où ?

– Devant ton nez. Et tu devrais être au courant, c'est précisé dans le dossier qu'on t'a remis l'autre jour. À chaque fois que l'un de nous s'en sert ou l'emporte, on le note sur cette feuille. Et si tu en as besoin pour une longue durée, tu dois en parler à Thomas pendant la conférence de rédaction.

Elle m'a tendu une feuille avec des colonnes, j'en ai tracé une nouvelle avec mon nom, j'ai mis la date et je suis sortie. J'allais passer mon premier coup de fil professionnel ! Mes mains sont devenues si moites que j'ai cru que le téléphone allait me glisser des doigts comme un poisson mort. J'ai essayé de préparer des phrases pour me présenter mais aucune ne collait vraiment, trop long, trop compliqué... Et zut, autant me lancer.

J'ai composé le numéro de Flore, à peine deux sonneries et le répondeur s'est déclenché :

– Bonjour, vous êtes sur la messagerie de la famille Renoir, merci de…

À moi de jouer ! J'ai pris ma respiration et j'ai foncé :

– Bonjour, je suis Pomme Ravaillec, heu… du collège… enfin, heu… de l'établissement Albert-Camus, et aussi des *Brèves d'Albert*, le… heu… le journal scolaire. Voilà, je venais prendre des nouvelles de Flore, merci de me rappeler au… heu…

Je n'ai pas eu le temps de dicter mon numéro, mon message était trop long, ça venait de couper. Les Renoir allaient me prendre pour une bille, ils n'auraient peut-être pas tort. J'ai rappelé pour donner mes coordonnées sans bredouiller et j'ai raccroché avec soulagement. Ouf. Enfin, ouf, c'était vite dit, parce que je n'étais pas plus avancée. Il ne me restait plus qu'à me rendre sur place.

J'ai attendu le bus pendant dix-sept minutes, en relisant ma leçon de physique. Je n'ai rien compris, mais c'était peut-être normal, le prof n'avait pas arrêté de bâiller.

De toute façon, quand il nous faisait cours, on n'était jamais certains qu'il soit vraiment réveillé.

Je suis passée devant la maison de Flore une première fois comme si de rien n'était, tout juste si je ne sifflotais pas en regardant les nuages.

C'était une petite maison comme la mienne, avec un étage et un jardin fleuri. À une différence près, cependant. Chez les Renoir, il y avait des nains de jardin. Nous, on avait Célestin, mais je n'avais jamais réussi à convaincre ma mère de le planter au beau milieu de la pelouse.

Les rideaux étaient tirés devant chaque fenêtre, impossible de regarder à l'intérieur.

Je suis revenue sur mes pas et je me suis avancée jusqu'à la porte pour sonner. Ding-dong-ding-ding-dong-ding, le carillon n'en finissait pas, on se serait cru à la messe de Noël. Il ne couvrait pas tous les bruits et j'ai très nettement entendu quelqu'un s'approcher et tripoter l'œilleton.

J'ai esquissé mon plus beau sourire, celui que je réserve à maman quand j'ai une sale note. Peine perdue, personne n'a ouvert.

Pas question d'abandonner. Il fallait que je trouve une solution pour prouver à mes confrères, et surtout à ma consœur, que désormais les *Brèves d'Albert* ne pourraient plus se passer de Pomme Ravaillec !

J'ai regardé autour de moi, je me suis gratté la tête, et bingo, j'ai trouvé comment pénétrer dans la forteresse.

Panique chez les nains

J'ai posé mon sac à dos au bord de la pelouse et je me suis avancée doucement, histoire de montrer à celui ou celle qui m'observait sûrement derrière la fenêtre que je n'avais pas l'intention de renoncer.

Les nains de jardin, c'est hideux, mais pour ceux qui les collectionnent, il paraît que c'est sacré. C'est ce que j'avais l'intention de vérifier.

Je me suis dirigée vers le plus gros, un pépère barbu, pipe au bec, l'air plutôt méchant. Je me suis préparée à l'effort, ça devait être super lourd ces trucs-là, j'ai commencé à le soulever et… je suis tombée à la renverse. C'était un nain en toc qui pesait que dalle !

Je me suis relevée le plus dignement possible puis j'ai ramassé l'affreux bonhomme d'une seule main, trop facile. Je ne voulais pas les abîmer, les nabots, juste obtenir une réaction de la personne qui se planquait dans la maison. Je les ai alignés le long du grillage, comme s'ils observaient la rue, de quoi mettre les passants mal à l'aise.

C'est à ce moment-là que, pour la première fois, je me suis réellement demandé pourquoi Flore ne sortait plus de chez elle. J'ai pensé à des choses pas drôles, une dépression, une vilaine maladie qui lui déformait le visage et le corps, genre Elephant Man, le héros d'un film qui m'avait trop impressionnée. Du coup, je n'avais plus vraiment envie qu'on ouvre la porte…

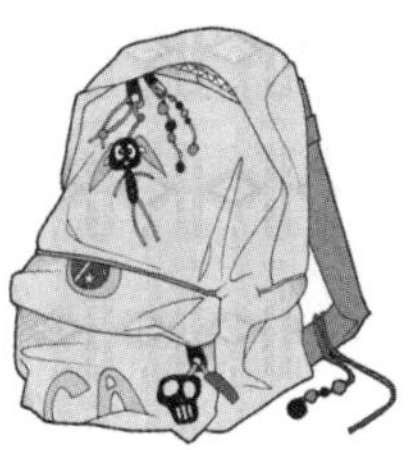

Ça tombait mal, parce qu'à l'instant où je disposais le dernier nain, j'ai entendu très nettement :

– Pomme, arrête !

Je me suis immobilisée. C'était Flore. Je n'osais plus bouger, ni me retourner, j'avais peur de la faire fuir et, pour être honnête, j'avais peur de la regarder, Elephant Man, tout ça... J'ai fini par me décider et je me suis dirigée lentement vers la porte entrouverte. Je voyais un petit bout de son visage, tout paraissait normal, ouf!

De loin elle m'a lancé :

– Qu'est-ce que tu veux?

J'ai grommelé un truc incompréhensible, du coup elle m'a demandé de répéter, ça me permettait de gagner du temps et d'arriver jusqu'à elle avant qu'elle ne me ferme la porte au nez. Une fois sur le perron, j'ai dit :

– Je ne veux pas t'embêter, Flore, je te le promets. Je voudrais juste que tu donnes de tes nouvelles à tes amis par le biais du journal pour les rassurer. Il y en a au moins deux qui flippent réellement pour toi.

J'ai vu deux larmes danser au bord de ses yeux noisette, ça m'a bouleversée.

– Tu me laisses entrer?

Les larmes se sont mises à couler. Il n'y en avait plus deux, mais dix, vingt, cent qui dévalaient ses joues rondes pour se rejoindre sur son menton tremblotant.

J'ai poussé la porte, elle a reculé, j'ai poussé encore et je suis entrée. Aussitôt un chat ronronnant est venu zigzaguer entre mes jambes et Flore a chuchoté :

– Laisse-la tranquille, Dumbo.

C'est vrai qu'il avait de drôles d'oreilles pour un chat. Hautes et larges. Si on l'entraînait dans le vide, il devait sûrement pouvoir voler. Flore a murmuré :

– Regarde-moi, Pomme.

Le cœur serré, je me suis retournée, je l'ai regardée et j'ai compris.

Flore

Flore n'était pas seule. Avec elle, ou plutôt en elle, il y avait quelqu'un, quelqu'un de minuscule qui ne demandait qu'à grandir. Un bébé. J'ai pensé à Célestin, à la fois où il m'avait expliqué qu'il fallait souffler dans le nombril des mamans pour les fabriquer, les bébés.

On est montées dans sa chambre, elle devant, en se dandinant, moi derrière, en silence, un peu gênée. Elle s'est assise au bord de son lit et m'a désigné un pouf tellement profond que je me suis demandé si je parviendrais à me relever.

– Voilà, tu sais, maintenant.

J'ai hoché la tête et j'ai posé la question rituelle, comme si la situation était parfaitement naturelle, comme si on était deux adultes en visite de courtoisie l'une chez l'autre.

– C’est pour quand ?
– Fin décembre, aux alentours de Noël. Sacré cadeau.
– Ça se passe bien ?
Elle a hésité un peu avant de me répondre un « oui » à peine audible. Je ne savais pas trop quoi lui dire, elle avait à peine un ou deux ans de plus que moi, mais j’avais l’impression d’être une gamine, soudain.
Elle a continué :
– C’est arrivé à Pâques. Avec Houb. C’était la première fois et je croyais que la première fois, on ne pouvait pas tomber enceinte… Je ne m’en suis rendu compte qu’à la fin de l’été. Je n’avais toujours pas mes règles et j’avais pris pas mal de poids, alors j’ai fait un test. C’était trop tard pour avorter, en plus je ne sais pas si j’en aurais été capable. J’ai voulu prévenir Houb, puis finalement je n’en ai pas eu la force. Mes parents, au début, ils étaient catastrophés, maintenant, ça va. Ils me soutiennent autant qu’ils peuvent, mais c’est vrai que c’est dur. Je ne sors pas d’ici, je n’ai pas envie qu’on me voie comme ça. J’ai coupé les ponts avec tout le monde, je ne réponds plus au téléphone, et quand on sonne je n’ouvre pas la porte. Sauf si on s’en prend aux nains de jardin de mes parents !

Je pensais à son copain, à la surprise qui l'attendait. Mais peut-être qu'au fond il avait deviné, il savait déjà. J'imaginais aussi la bande de chipies, elles se jetteraient sur l'info comme des hyènes. J'ai demandé :

– Comment tu vas faire, après ?

– Je reprendrai le lycée l'année prochaine, ailleurs. C'est ma mère qui s'occupera de... du bébé dans la journée.

– Tu comptes prévenir Houbou ?

– Je ne me sens pas encore prête, j'ai peur de sa réaction. On est super jeunes, on ne peut pas être parents, pas déjà. Je suis un peu paumée, en fait.

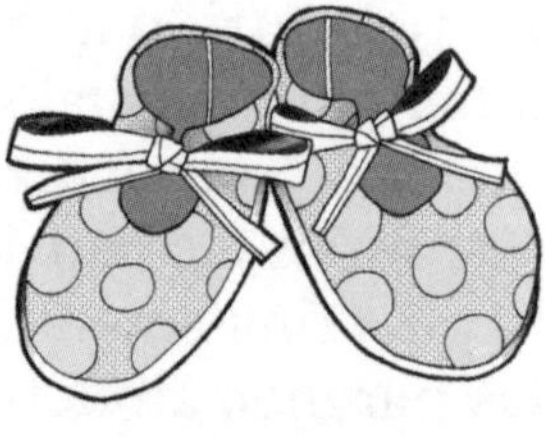

Je ne savais pas quoi lui dire. C'était tellement inattendu, tellement sérieux cette histoire, que je me sentais dépassée. Je me suis recentrée sur l'objectif de ma visite.

– Il y a des filles au lycée qui répandent des rumeurs idiotes à ton sujet, peut-être que ça y couperait court si tu te manifestais d'une manière ou d'une autre.

Elle a esquissé une moue désabusée.

– Ça ne m'étonne pas. Imagine si elles connaissaient la vérité ! Alors leur donner des nouvelles, je ne sais pas, je vais voir…

J'ai trouvé ça un peu mou, j'ai insisté, après tout j'étais là pour ça.

– Il suffirait que tu écrives un petit mot sympa à la main, Flore, on le scannerait, on le publierait, tes amis reconnaîtraient ton écriture, non ? Et puis Houbou et Laurie s'inquiètent vraiment, eux…

Elle a soupiré, la main bien à plat sur son ventre rond.

– Pour eux deux, c'est vrai que mon silence n'est pas cool. Mais franchement, les autres, je ne vois pas très bien ce que je pourrais leur dire…

J'ai compris qu'elle s'en fichait un peu, de ce qui se passait à Albert-Camus. Et j'ai réalisé que ces rumeurs idiotes n'étaient pour elle qu'un événement microscopique. On ne voyait plus les choses à la même échelle.

Je suis retombée en arrière deux fois avant de réussir à me lever, elle a souri, c'était déjà ça. Je lui ai laissé mes coordonnées, puis elle m'a raccompagnée. Elle a ouvert la porte et j'ai senti qu'elle voulait parler, alors j'ai attendu.

– Pomme, j'ai confiance en toi mais s'il te plaît, promets-moi de ne rien raconter à personne. Et pour Houb… Explique-lui que je vais bien, que je pense à lui. Je t'enverrai un mot pour le journal, laisse-moi un peu de temps.

Parti-parti

Et voilà, pour la première fois de ma vie, j'avais un secret à garder. Pas une babiole qu'on se dépêche de répéter aux autres, non, un vrai secret.

Le plus dur, ce serait de ne rien dire à Mina. Ou plutôt non, à Arthur, après tout c'est lui qui m'avait demandé de chercher des infos sur Flore.

J'avais la tête un peu bousculée et j'ai laissé filer deux bus, comme une vache qui regarde passer les trains.

C'est lourd un secret, ça pèse des tonnes sur les épaules et j'ai pensé à ma mère qui avait sans cesse mal au dos depuis le départ de mon père.

Il s'était barré un dimanche matin, avant qu'on se lève. Il n'y avait pas eu de cris, de portes claquées, rien, pas d'éclair avant le tonnerre. Mais je crois que j'aurais préféré, ça aurait été plus clair, j'aurais mieux accepté. Là, j'avais pointé mon museau pour le petit-déjeuner et ma mère m'avait juste annoncé :

– Ton père est parti.

Un verre de jus de fruit plus tard, j'avais demandé, en feignant de ne pas avoir compris :

– Il est parti courir ?

Elle avait respiré un grand coup avant de répéter, très calme :

– Non ma Louloutte, il est parti-parti.

Parti-parti, ça faisait un grand creux dans l'estomac, la gorge serrée et des larmes qui arrivent de nulle part, sans prévenir. Ma mère m'avait prise dans ses bras et ensemble on avait attendu que ça passe. C'est après que j'avais commencé à poser les vraies questions, en rafale.

– Il est parti où ?

– Pourquoi ?

– Combien de temps ?

– Avec qui ?

– Et nous ?

– Qu'est-ce qu'on va dire à Célestin ?

Là, j'avais compris qu'il y avait un bug. Un gros. Parce que ma mère ne répondait pas, elle se contentait de secouer la tête en pinçant les lèvres. Ça m'avait énervée et je m'étais mise à crier comme une folle.

– Oh, tu vas répondre, oui ou non ?

Elle était devenue encore plus blanche et, pour la première fois de ma vie, j'avais vu ma mère pleurer. Je m'étais sentie misérable. À mon tour je l'avais prise dans mes bras en lui demandant pardon. Elle s'était calmée, puis dans un soupir elle m'avait confié :

– Je ne peux rien te dire, Pomme, je l'ai promis à ton père. Il souhaite vous expliquer lui-même les raisons de son départ, quand il se sentira prêt. Il a laissé une lettre pour toi là-haut. Mais il faut que tu saches que notre couple ne fonctionnait plus très bien, vivre et travailler ensemble, c'est compliqué. Je crois qu'on était surtout devenus des collègues. Enfin, mon pauvre cœur, c'est des histoires d'adultes, tout ça.

Sur le coup, je n'avais rien demandé de plus. Ça me gênait qu'elle me parle de leur couple. Pour moi, ce n'était pas un couple, c'étaient mes parents, point. Je n'en revenais pas, j'avais toujours cru qu'ils s'entendaient bien. Apparemment, ça ne suffisait pas.

Sur le bureau de mon père, j'avais trouvé une enveloppe sur laquelle il avait dessiné une pomme rouge et rebondie, très réussie. Dedans, un petit mot pour moi. Un tout petit mot.

Ma Pomme,

J'ai préféré partir pendant que vous dormiez encore, ton frère et toi. Je te demande pardon. Un jour, je t'expliquerai tout, je te le promets, mais j'ai besoin de temps. Je t'aime.

Papa

Les yeux brouillés par les larmes, j'avais laissé au moins une dizaine de messages sur son portable, mais il n'avait pas répondu. Le week-end suivant, alors qu'on passait la journée chez ma grand-mère, il avait profité de notre absence pour venir chercher ses affaires. Surtout des livres, quelques tableaux, sa planche à dessin, son ordi, ses fringues… Comme si on était victimes d'un cambriolage, sauf qu'il n'y avait personne auprès de qui porter plainte. Le naufrage était complet, mon père avait disparu corps et biens. Et j'avais beau avoir une dizaine d'années de plus que le nain, je n'y voyais pas plus clair que lui.

Mon père ne m'avait rappelée que quinze jours après son départ. J'étais restée muette, je lui en voulais trop. Il avait balbutié quelques mots d'excuse, il m'avait semblé qu'il pleurait et j'avais raccroché, le cœur en miettes.

Et puis petit à petit, ça s'était arrangé, je m'étais laissé apprivoiser. On se téléphonait de temps en temps, il m'avait emmenée trois fois au cinéma et il avait passé deux mercredis après-midi avec Célestin. Mais sur sa vie sans nous, je n'en savais pas plus. Il esquivait mes questions et, si j'insistais, c'était silence radio, silence gêné.

Au collège, je n'en avais parlé qu'à Mina. Depuis, à chaque fois qu'on abordait le sujet, elle me répétait de ne pas m'inquiéter, qu'un jour je trouverais les réponses sans les avoir cherchées. D'après elle, nous étions pourvus d'antennes invisibles qui nous menaient droit au but, un sixième sens qui orientait nos pas dans la bonne direction. Mouais.

J'ai enfin pensé à lever la main au passage du bus et je me suis affalée sur la banquette du fond. J'ai sorti mon portable pour appeler Arthur.

– Salut Pomme, quoi de neuf ?

– J'ai vu Flore.

– Super ! Alors ? Il y a des photos à faire ?

Là, je suis restée silencieuse deux secondes, à imaginer la tête de Flore si Arthur se pointait avec son appareil.

– Non, vraiment pas. Elle va bien, je ne peux pas t'en dire plus.

Il n'a pas insisté.

– Écoute, tu nous en parleras demain soir, on a une conf de rédaction à dix-sept heures trente, Thomas tient à ce que tu sois là.

– OK, Arthur, pas de problème.

On a raccroché. Si, justement, j'avais un problème. Comment m'y prendre pour leur raconter un truc que j'avais promis de taire ?

Une fleur en guise de tête

Une réunion dans le bureau des *Brèves*, c'est comme essayer du 39 quand on chausse du 40. On sait tout de suite que c'est trop petit, mais on insiste quand même. On a fini par pousser la table contre le mur, Lucie et Thomas se sont assis dessus, Arthur, Mathias et moi on s'est installés par terre. Il ne restait plus un centimètre carré de libre. Un bel exemple d'optimisation des sols, notre prof de géo aurait adoré.

– On commence ? a proposé Thomas.

Aussitôt, Lucie a fouillé dans son sac d'un air gourmand pour en sortir un gâteau recouvert d'alu. J'ai trouvé ça plutôt sympa, jusqu'au moment où elle m'a suggéré :

– T'en prends peut-être pas ?

J'ai ouvert la bouche pour répliquer « Si, bien sûr », mais rien n'est sorti. Je venais de comprendre le sens de sa question. Une façon totalement mesquine d'insinuer que j'étais peut-être trop ronde, voire carrément grosse. J'ai refermé la bouche, je devais être rouge cerise.

Arthur a secoué la tête en marmonnant :

– C'est pas possible !

Et il m'a fourré deux belles tranches de cake dans les mains.

Depuis l'année dernière, j'ai poussé dans tous les sens. En hauteur, en largeur, en épaisseur, un vrai défi à la géométrie. Mais je ne suis pas grosse. N'empêche, je savais qu'en rentrant à la maison je me précipiterais devant la grande glace de ma mère, histoire de vérifier.

Tout le monde a grignoté en bavardant, sauf moi. Je grignotais en silence. Les garçons se sont resservis, et notre rédac chef s'est raclé la gorge.

– Bon, on commence par un point sur ce qui doit être bouclé avant la Toussaint. Lucie nous parlera aussi de l'avancée du projet de mise en ligne du journal. On y va pour le tour de table ?

Mathias a évoqué ses articles en cours : le cross du lycée, la réfection du gymnase et le championnat de ping-pong du collège. Il a convenu avec Arthur de dates pour le reportage photo. Lucie préparait un article sur les variations du cours du pétrole, ses répercussions sur la vie quotidienne et le point de vue de profs et d'élèves. Elle a embrayé sur le futur site, et Arthur a poursuivi avec un projet de papier sur les vols de téléphones dans l'établissement, pas moins d'une quinzaine d'appareils volés depuis début septembre !

Ils ont continué un moment à évoquer des sujets qui intéressaient les uns ou les autres et, à l'instant où j'engloutissais la moitié de ma deuxième tranche de cake, Thomas s'est tourné vers moi.

– Pomme, je vais t'attribuer tes premiers articles, mais avant tu pourrais nous parler de ta recherche d'infos sur Flore ?

J'ai largement eu le temps d'avaler, parce que Lucie a répondu à ma place.

– C'est n'importe quoi cette histoire ! On est un journal d'informations, on n'est pas là pour espionner les gens !

Mathias a soupiré.

– Arrête, Lucie, à chaque fois qu'un élève s'absente du bahut pour une longue durée, on prend des nouvelles, non ?

Arthur a renchéri :

– Quoi qu'il en soit, Pomme s'est super bien débrouillée. Allez Pomme, raconte ! Comment t'as réussi à la contacter ?

Aïe. Le coup des nains de jardin, ils n'allaient pas trouver ça pro… Je me suis lancée, et ils ont eu l'air de penser que c'était plutôt futé, sauf Lucie, qui n'arrêtait pas de secouer la tête. Ça s'est corsé lorsque je leur ai expliqué que je ne pouvais pas leur en dire plus, j'avais promis. Thomas a insisté :

– On est entre nous, ça ne sortira pas d'ici.

– Et moi, j'ai promis que ça ne sortirait pas de ma bouche.

Pas très efficace, parce que Mathias a relancé :

– C'est un peu comme si je refusais de vous donner les résultats du tournoi de ping-pong, non ?

Non, ça n'avait rien à voir. Il fallait que je tienne bon et là, à ma grande surprise, Lucie m'a aidée. Involontairement, d'accord, mais quand même.

– Attendez les mecs, on s'en fout, non, de ces histoires de gamines ? Ce qui compte, c'est le résultat, et basta, on passe à autre chose. D'ailleurs Pomme, c'est quoi le résultat ? Comment tu vas t'y prendre pour donner de ses nouvelles à ses amis, si tu ne peux rien leur raconter ?

J'ai fait comme si je n'entendais pas la note ironique dans sa voix.

– Elle va m'envoyer une lettre pour eux, à publier dans le prochain numéro.

Lucie a secoué la tête de plus belle mais Thomas avait l'air content.

– Ça me paraît très bien, ça. Dès que tu l'as, tu me la transmets, OK ?

Comme toujours, Lucie voulait avoir le dernier mot.

– Quelle perte de temps... T'avais qu'à lui demander de gribouiller quelques lignes pendant que tu étais sur place.

Merci Lucie ! Je savais que je pouvais compter sur toi !

Pour couper court, Thomas m'a tendu une fiche avec plusieurs sujets à traiter.

– Ça serait bien de te pencher en priorité sur l'arrivée du nouveau matériel informatique. Quand, pour quels projets, combien d'appareils, tu verras ça avec Onimus, le prof d'arts plastiques, c'est lui qui est chargé du dossier. Il s'occupe aussi du voyage à Rome des quatrièmes, à voir dans un deuxième temps.

J'ai acquiescé pendant qu'il ajoutait :

– Sinon, pour les autres sujets, tu trieras avec Arthur, OK ?

Je me suis tournée vers Arthur, qui n'écoutait pas. Sa main gauche griffonnait sur son bloc. Il a tourné son croquis vers moi. Une fille enceinte avec une fleur en guise de tête. J'ai rougi, il m'a souri, et j'ai réalisé qu'il était vraiment super mignon.

Do not disturb

J'avais une foule d'exos de maths pour le lendemain mais, quand je suis rentrée, maman m'a demandé avec un gentil « ma Louloutte » de m'occuper du nain. Je lui ai donné sa douche, il a hurlé parce que je lui mettais du shampoing dans les yeux, puis il a voulu qu'on joue au dragon et à l'âne, un jeu de son invention dans lequel je tiens toujours le rôle de l'âne.

Après, je l'ai installé devant sa petite table avec des coloriages et je me suis glissée dans la chambre de ma mère. J'ai refermé la porte, je me suis déshabillée et je me suis plantée en culotte et en soutien-gorge face à la glace. Un état des lieux s'imposait.

De face, de profil, de trois quarts, presque de dos, j'ai scruté chaque partie de mon corps. Je n'étais pas maigre, d'accord, mais je n'étais pas grosse, non, non et non. J'étais... mince avec des rondeurs.

Conclusion, Lucie était une garce et je n'avais aucune raison de me priver de Nutella.

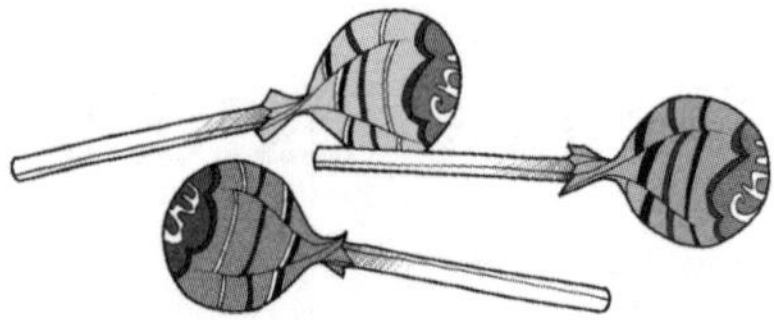

Il y avait de la bonne humeur dans l'air, je l'ai compris quand ma mère a posé un superbe gratin de pâtes sur la table : sauce tomate crémeuse à souhait, gruyère grillé – pas cramé –, le plat des grands jours. Je sentais poindre le scoop et j'avais raison. Guillerette, elle a annoncé :

– Les enfants, j'ai une bonne nouvelle !

Gagné ! La mine gourmande, Célestin s'est exclamé :

– Je sais, on va avoir un petit frère ou une petite sœur ! Non, plutôt un petit frère, c'est mieux !

Pauvre Babou, il n'avait vraiment rien compris à la situation.

Ma mère m'a glissé un coup d'œil rapide en gardant le sourire, un exploit vu les circonstances, puis elle a répondu :

– Non mon chéri, c'est pas ça ! On va bientôt partir vivre dans une autre maison, j'ai trouvé un acheteur pour celle-ci !

C'est fou comme les parents font tout à l'envers, parfois. Une bonne nouvelle, rien que ça ! Un acheteur, ça signifiait plein de choses : que maman avait mis la maison en vente sans m'avertir, que nos parents se séparaient définitivement et, enfin, que Célestin et moi allions quitter l'endroit où on avait toujours vécu. Bref, que notre vie partait en miettes.

Je suis restée calme même si je suis sortie de table sans goûter au gratin de pâtes.

Je savais que ma mère ne tarderait pas à venir frapper à ma porte, mais je n'avais pas envie de discuter. Je suis allée dans le bureau de papa, j'ai récupéré le panneau « DO NOT DISTURB » qui moisissait sur la moquette, et je l'ai suspendu à la poignée de ma porte.

Le panneau de papa, ça la scotcherait, ma mère. Ça lui ferait un mal de chien. Œil pour œil, dent pour dent.

J'ai mollement essayé de me pencher sur mes maths, mais la sauce ne prenait pas. Alors comme ça, ma mère venait de vendre notre maison et ma vie avec. Rien de tel pour officialiser la vie sans mon père, rompre le fil qui jusque-là reliait les quatre membres de notre famille.

Normalement j'aurais dû pleurer, mais je me sentais sèche et, pour la millième fois, je me suis demandé pourquoi on laissait planer tant de mystère autour du départ de papa. S'il était parti pour une blonde, une brune, une rousse ou une chauve, il n'avait qu'à nous le dire. Je lui en voudrais horriblement, puis à la longue je m'habituerais et la vie continuerait. Tout sauf ce silence compliqué, pitié. Mes petites antennes, celles auxquelles Mina croyait dur comme fer, restaient en berne.

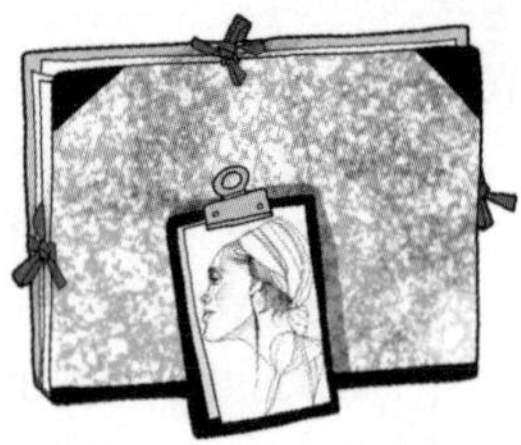

Après, mes pensées se sont envolées vers Flore. J'ai songé à l'énorme dose de courage qu'il lui fallait pour accepter que sa vie soit bouleversée à ce point. La séparation de mes parents, le déménagement, ce n'était peut-être pas si grave. Pas comparable à ce qui lui arrivait à elle.

J'ai ressorti la liste d'articles que Thomas m'avait confiée : le matériel informatique, la préparation du voyage à Rome des quatrièmes, le projet Collège et Planète, une enquête sur l'argent de poche…

Le matériel informatique, ça ne me branchait pas, mais c'était la priorité. Il fallait pour ça que j'interviewe Onimus, ce ne serait pas forcément plus simple que de rencontrer Flore.

Onimus, c'est mon prof d'arts plastiques depuis la quatrième, le gars le plus cool du collège et du lycée réunis.

Le plus sexy aussi.

Il n'est plus très jeune, au moins trente-cinq ans, mais sa ressemblance avec Brad Pitt n'échappe à personne. La plupart des filles du collège sont amoureuses de lui, pourtant il n'a pas l'air de s'en rendre compte.

Ses cours plaisent à tout le monde, même aux nuls en dessin dans mon genre.

Il m'aime bien, ça se voit, et si mon prénom le fait marrer, ce n'est jamais méchamment.

Sauf que, depuis la rentrée, je le trouvais changé. Il ne m'adressait presque plus la parole, ne riait plus en regardant mes dessins ratés et grimaçait un léger sourire gêné quand on se croisait dans les couloirs.

Mina était certaine qu'il était fou de moi, pire qu'un crapaud mort d'amour au fond d'un puits, mais je sentais bien que c'était une fausse piste. Moi, je croyais plutôt que c'était à cause de mon père qu'Onimus se comportait bizarrement. Non seulement il avait laissé tomber sa petite famille du jour au lendemain, mais il avait aussi abandonné l'association des parents d'élèves et le projet Art et Informatique, sur lequel il bossait avec Onimus depuis trois ans.

Une journée par mois, il s'occupait d'un atelier au cours duquel les élèves apprenaient à créer un film d'animation. Ça lui tenait vraiment à cœur et il s'y était investi à fond, ce qui n'a pas empêché qu'en septembre ça se soit cassé la figure, comme le reste. Résultat, le prof d'arts plastiques a été obligé de renoncer au projet. Il devait être dégoûté, voilà pourquoi il prenait ses distances avec moi.

C'était injuste, je n'avais rien à voir là-dedans. Sauf que j'allais devoir l'interviewer pour mon article, bonjour l'ambiance !

J'ai entendu le pas de ma mère dans le couloir. J'ai arrêté de respirer et j'ai tendu l'oreille. Elle s'est approchée, elle a marqué une pause de deux secondes, le temps de voir le DO NOT DISTURB et hop, demi-tour. Un point partout.

Un truc d'enfer

J'avais passé la journée de la veille à éviter Houbou. Je ne savais pas quoi lui dire ni comment, mais là, en arrivant au collège, j'ai compris qu'il me serait impossible de l'esquiver plus longtemps. Il était planté devant la grille et m'a fait signe de loin pour que je le rejoigne.

Courage, Pomme !

– Salut Houbou, tu sais, pour Flore...

– Te fatigue pas, c'est pour ça que je voulais te voir. Elle m'a envoyé un texto, et à Laurie aussi. Elle va me poster une vraie lettre. Laurie s'est chargée de prévenir les filles, ça devrait les calmer. Voilà, je voulais te dire merci.

Il m'a souri puis s'est détourné pour rejoindre ses copains. Wahou ! Une vraie lettre ! Normalement, c'est plutôt romantique comme façon de procéder, mais là, j'ai imaginé Flore, la main sur le ventre, en train d'essayer de trouver une façon délicate pour annoncer à Houbou qu'il allait être papa. Pas évident. Elle s'était manifestée, c'était chouette, elle sortait de sa coquille.

Peut-être qu'à moi aussi elle enverrait une vraie lettre pour les *Brèves d'Albert*.

Peut-être.

Mina est arrivée, fringuée n'importe comment, des collants rayés rouge et blanc avec une tunique vert gazon, impossible de la louper.

Elle m'a prise par le bras.

– J'ai un truc d'enfer à te raconter !

J'ai l'habitude. Les trucs d'enfer, avec elle, c'est quotidien.

Elle a continué en chuchotant :

– Pendant que t'étais à la super réunion super importante de ta gazette, hier, devine qui est venu me voir ?

J'ai hésité.

Entre Léo, qu'elle trouvait trop « cute », Sam, super sexy, Aurélien, trop de la balle, Fatė, trop de charme…

Bref j'avais le choix entre à peu près tous les mecs du collège. Au pif, j'ai proposé :

– Sam ?

Soupir, yeux au ciel, puis :

– Bien mieux que ça, un type du lycée, pas un môme ! Tu ne vois pas ? Quentin ! Tu sais, celui qui a des lunettes et l'air trop intelligent ?

Je n'ai pas pu me retenir de pouffer. Jusque-là, Mina l'avait toujours trouvé ennuyeux à mourir et voilà qu'en l'espace d'un jour il était devenu trop intelligent. Ça, c'était de la promo !

– Raconte.

– Il est venu me voir pour me proposer de faire mon portrait d'après photo, t'imagines ? On est allés boire un Coca, puis on a discuté pendant au moins deux heures. Je te jure, il est vraiment cool ! On se retrouve ce soir, après les cours.

J'ai failli lui parler de Flore et de Houbou, de ce qui pouvait arriver la première fois... je me suis retenue. De toute façon, dans ce domaine, elle a dix longueurs d'avance sur moi. Elle a poursuivi :

– Je voulais te le raconter hier soir, mais j'ai plus de forfait avant quinze jours, tu te rends compte ? Bon et toi, quoi de neuf ?

J'allais répondre « rien », sauf que, à ce moment-là Arthur est passé juste à côté de nous, il m'a offert un sourire géant et un petit coucou de la main. Mina s'est marrée.

– Tu verrais ta tête ! T'es trop rouge, allez, respire, Pomme.

Moi, rouge ? N'importe quoi ! Heureusement la sonnerie a retenti pile à cette seconde. Je me suis ruée vers la salle de français comme si ma vie en dépendait.

Les choses sérieuses

Les profs avaient dû se donner le mot, ils n'ont pas cessé de nous parler du brevet. Ça donnait à peu près ça :

– Blablabla-BREVET-blablabla-ATTENTION-blablabla-BREVET BLANC-blablabla-ÉPREUVES-blablabla-ATTENTION-blablabla-RÉVISIONS-blablabla-TRAVAIL-blablabla-BEAUCOUP DE TRAVAIL !

J'ai eu le temps de préparer l'interview d'Onimus : les ordis, les délais, combien ça coûtait et patati et patata. J'avais dessin en dernière heure, ça tombait bien. En maths, Mina m'a tendu un petit mot, sa grande spécialité. « Super mignon, Arthur… » J'ai répondu sobrement : « Et alors ? », réponse à laquelle elle a réagi sans attendre.

Pendant que le prof de maths notait au tableau des équations auxquelles la moitié de la classe ne pigeait plus rien depuis longtemps, elle m'a écrit : « Et alors, tu pourrais passer aux choses sérieuses ! »

Les choses sérieuses, pour Mina, c'est sortir longtemps, au moins un mois, avec un garçon. Ça ne m'était jamais arrivé, pour la bonne raison qu'il ne m'était jamais arrivé grand-chose dans ce domaine. J'étais sortie avec deux garçons en quatrième, mais moins d'une semaine, alors ça ne comptait pas.

Tomber amoureuse, je ne savais pas ce que ça faisait, ni comment on s'en rendait compte, en tout cas mon cœur n'avait encore jamais brandi de panneau avec marqué en gros dessus : « Pomme, t'es amoureuse ! »

Je me suis retournée vers Mina et je lui ai tiré la langue pour lui signifier que le sujet était clos.

Avant que le cours de dessin ne démarre, je suis allée voir Onimus. J'ai essayé d'oublier qu'il m'ignorait complètement depuis la rentrée, et j'ai attaqué :

– Voilà m'sieur, je prépare un article pour les *Brèves d'Albert*, sur le nouveau matériel informatique. Comme c'est vous qui vous en occupez…

Il a hoché la tête en se caressant le menton, l'air de réfléchir.

– Hum… Si tu veux, on se voit mardi matin, à onze heures. On ne devrait pas en avoir pour bien longtemps.

Oups, manifestement, ça ne l'enthousiasmait pas plus que ça.

J'ai dégainé mon sourire à fossettes, celui que Mina trouve irrésistible, et j'ai essayé de pousser un pion.

– Je dois rendre mon papier en milieu de semaine, alors je préférerais vous interviewer aujourd'hui.

Il s'est passé la main dans les cheveux en soupirant, comme si je lui demandais un truc impossible, genre soulever un boulet de canon du bout de l'index.

– Bon, OK, mais quelques minutes, pas plus.

J'ai murmuré « Oui, oui » et je suis allée m'asseoir en me demandant ce qui clochait avec lui, ou plutôt avec moi.

À cinq heures moins dix, comme il remballait ses affaires dare-dare, style je-me-dépêche-j'ai-pas-que-ça-à-faire, j'ai levé le doigt comme une gamine.

– M'sieur, l'interview...

Il m'a regardée, stupéfait, avec la même mine que Célestin quand ma mère lui rappelle qu'il doit ranger sa chambre avant d'aller jouer dehors.

La reine des pommes

Mina m'a soufflé « Bon courage » avant de filer. Je me suis plantée devant le bureau d'Onimus, calepin et Bic 4 Couleurs, mon préféré, en main. Je n'ai pas osé avancer de chaise, je suis restée debout. Pas idéal pour me mettre à l'aise.

– Voilà, pour commencer j'ai besoin de savoir quand le matériel va arriver.

– Normalement je réceptionne la livraison demain soir.

– Et qu'est-ce qu'il a de spécial, ce matériel ?

– C'est le top du top, quinze ordinateurs, quinze imprimantes, un vrai…

Un vrai quoi, je ne l'ai pas su tout de suite, parce qu'à ce moment-là son portable a sonné.

Il a décroché avec un petit coup d'œil dans ma direction, l'air de dire : « Qu'est-ce que tu attends pour t'éloigner discrètement ? » Je me suis écartée, deux pas à peine, et j'ai scruté passionnément le tableau, en tendant l'oreille, bien sûr. C'est mon péché mignon, j'adore écouter les conversations qui ne me concernent pas.

– *Salut, t'es où ?* (Prononcé d'un ton très doux, plein de sucre.)

– …

– *OK. Écoute, je n'en ai pas pour longtemps, juste un truc à terminer vite fait.* (Un truc à terminer vite fait, ça c'était sûrement au cas où je n'aurais pas compris qu'il était hyper pressé !)

– …

– *Super, j'ai hâte de découvrir ça.* (Vu le ton, le « ça » devait être beaucoup plus intéressant que mon interview !)

– …

– *Moi aussi, bisous !* (Rire et voix de miel.)

Il a raccroché, je me suis retournée, il était rouge, bien plus rouge que les nouveaux collants de Mina. Et moi, je tenais un scoop. Le prof le plus sexy du collège n'était plus célibataire, il avait une chérie ! Avec l'air innocent de celle qui n'a rien entendu, qui ne s'est peut-être pas rendu compte que son prof recevait un appel super privé, j'ai enchaîné :

– Donc, ce matériel, c'est le top du top ?

Il est redescendu sur terre, s'est raclé la gorge.

– Oui, Albert-Camus est nommé établissement pilote pour la région sur les deux années qui viennent. Les ordis et les imprimantes, c'est le dessus du panier, et les logiciels 3D carrément des outils de pro.

Il a regardé rêveusement par la fenêtre avant de continuer :

– Début novembre, je crée un nouvel atelier, comme avec…

Petite toux délicate, puis :

– … avec ton père, l'année dernière. J'ai une nouvelle intervenante, elle est graphiste elle aussi. Au lieu de travailler sur un seul film d'animation, cette fois je vais constituer trois sous-groupes, chacun réalisera son film. On a deux stagiaires des Beaux-Arts qui nous donneront un coup de main, on pourra faire du très bon travail. On écrira les scénarios avec les profs de français, puis on montera des story-boards et ensuite on passera à la mise en œuvre sur les ordis. L'idée, c'est de présenter les films à un festival l'été prochain, et si possible de gagner un prix. Pas mal, hein ?

Là, normalement, il aurait dû me proposer gentiment de m'inscrire à l'atelier, après tout j'avais participé au précédent. Mais non, pas un mot. Décidément, je n'avais plus la cote. Il a repris :

– Bien sûr, les autres enseignants auront accès aux ordis, chacun d'eux pourra monter un projet. On sera l'établissement le mieux doté de la région, on doit absolument prouver qu'on optimise les ressources qui nous sont offertes. Tu as d'autres questions ?

Non, l'interview était terminée. Sauf que je savais qu'il était pressé, alors un mauvais génie m'a soufflé de m'incruster.

– Ça doit coûter drôlement cher, les ordis, les imprimantes, les logiciels, l'intervenante…

Il a acquiescé.

– Je ne connais pas le montant exact, mais tu as raison, Albert-Camus a obtenu une subvention importante du conseil régional, sa commission a adoré notre dossier. Rien qu'avec le prix des ordis et des logiciels, j'aurais de quoi me payer une année sabbatique, ou une nouvelle voiture, ou une piscine dans le jardin, ou un tour du monde, ou tout à la fois ! Oui, c'est un investissement très conséquent, il faudra qu'on soit à la hauteur. On a fini, Pomme ?

Je ne sais pas ce qui m'a pris, soudain j'ai eu envie de jouer à Columbo. J'ai refermé mon calepin, cool, en hochant la tête.

– Oui, merci, s'il me manque quelque chose, on verra mardi.

Il a attrapé son cartable, ravi de se sauver, et s'est avancé jusqu'à la porte. J'ai attendu qu'il ait la main sur la poignée et j'ai lancé :

– Excusez-moi m'sieur, juste un dernier truc. Depuis la rentrée, vous avez changé de comportement avec moi et... je me demandais si... si c'était ma faute.

Je me suis trouvée gonflée sur ce coup-là. Il a fait la même tête que Mina, à la cantine, le jour où elle s'était coincé une arête en travers de la gorge : un drôle de mouvement de déglutition, les yeux écarquillés, la respiration bloquée... J'ai eu envie de lui suggérer d'avaler une boule de mie de pain, après ça irait mieux, mais je n'étais pas gonflée à ce point. Il a encore passé la main dans sa belle mèche blonde et il est revenu sur ses pas, lentement.

– Ne crois pas ça, Pomme, non, vraiment pas.

– C'est à cause de mon père ?

– Quoi ? Ton père ?

– Ben oui, il ne participe plus aux activités, il vous laisse tomber sans prévenir, alors... alors vous m'en voulez ? C'est ça ?

– Pomme, je suis désolé que tu aies pu croire une chose pareille, je t'assure que je ne fais pas l'amalgame entre ton père et toi. En ce qui me concerne, c'est vrai que cette année je suis moins disponible, c'est la première fois que je bosse sur autant de dossiers, les ateliers, le voyage à Rome, plus les cours... Tu es une élève très sympa, il n'y a vraiment aucun problème, rassure-toi.

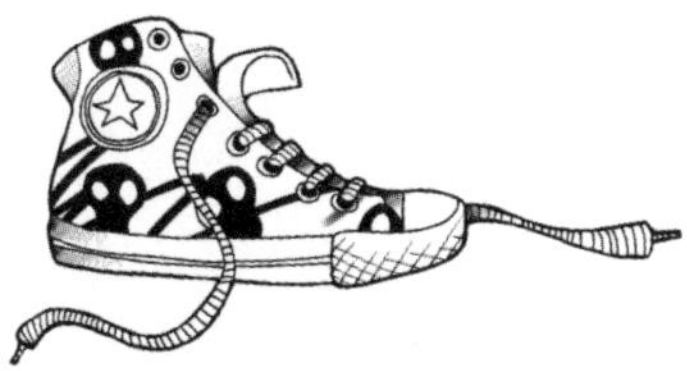

J'ai hoché la tête, mais je savais que je n'avais pas rêvé. Un peu timidement, il a ajouté :

– Et à la maison, ça va ?

Je me suis demandé de quoi il se mêlait avant de me souvenir qu'il était venu manger chez nous une fois ou deux, alors il connaissait ma mère et le nain. J'ai arboré un grand sourire et j'ai menti.

– Ouais, papa est un peu fatigué. Il a beaucoup de boulot, il s'enferme tous les soirs dans son bureau pour travailler. Mais sinon, ouais, tout va bien.

Il m'a regardée fixement, l'air de douter de ma santé mentale.

– C'est chouette. Allez je te laisse, à mardi.

J'ai mis deux secondes à réaliser que mon père avait sûrement prévenu le bahut de son changement d'adresse. Les profs devaient être au courant qu'il ne vivait plus avec nous. Je venais de passer pour la reine des pommes.

Quatre fromages

J'avais deux coups de fil hyper importants à passer. Le premier à Mina, mais je suis tombée sur son répondeur. Mon message allait la tuer : « Salut, j'ai un méga scoop, mais bon, t'es pas là... Comme t'as plus de forfait pour me rappeler, tu attendras demain, dommage ! »

Pour une fois que j'avais un truc d'enfer à lui annoncer, je n'étais pas mécontente de la narguer ! Onimus a une chérie, ça c'était de l'info !

Le deuxième appel, c'était pour prévenir Arthur que l'interview était bouclée. En tapotant sur mon clavier, j'ai senti une petite secousse dans ma poitrine, bizarre, comme si j'avais bu un café, puis une deuxième secousse, comme si en plus du café j'avais avalé trois cannettes de Coca. Lui non plus n'était pas là, il a eu droit à un message.

« Salut Arthur, c'est Pomme. J'ai vu Onimus, il faudra que tu me dises si j'ai assez d'infos pour faire l'article, je vais commencer à le rédiger. »

Ça sonnait pro, j'étais contente.

Quand je suis arrivée chez moi, il n'y avait personne. Super, j'étais la reine du palais. Après une razzia de biscuits dans le placard, des gros sablés avec une épaisse couche de chocolat, j'ai regardé le courrier dans l'espoir d'y trouver une lettre de Flore, et je suis montée au premier sans enlever mes chaussures. Ce que c'est bon de braver des interdits quand on ne risque rien!

Ma mère avait enlevé le panneau « DO NOT DISTURB ». J'ai poussé la porte, wahou, ma chambre était nickel, la fée du logis était passée par là et ça, ce n'était pas souvent.

Je pourrais m'occuper du ménage moi-même, mais je ne sais pas pourquoi, cette idée ne me passe jamais par la tête. La fée en avait profité pour déposer un petit mot sur mon lit.

Ma Louloutte,

Célestin dort chez grand-mère, il n'a pas école demain, et papa les rejoindra pour dîner. Je te propose une soirée entre filles, rejoins-moi à 19h30 à la Sicilia.

Gros bisous de ta maman qui t'aime.

Ça sentait la réconciliation, peut-être les excuses... Ou alors, elle en profiterait pour m'annoncer une nouvelle pas possible pile quand j'aurais la bouche pleine de pizza et que je ne pourrais pas me réfugier dans ma chambre. En même temps, une soirée seule avec maman, j'adorais ça. Elle oubliait son boulot et ces histoires qu'elle inventait pour les mômes, et elle s'occupait de la sienne, de môme, et de la nôtre, d'histoire.

Je prenais toujours la quatre fromages. À la *Sicilia*, le cuisinier prépare des pizzas énormes avec une pâte croustillante et moelleuse qui déborde largement de l'assiette. Maman s'est servi un verre de vin, un rosé sucré qui pétille presque et que j'avais le droit de goûter, alors j'ai pris son verre pour y tremper mes lèvres.

– Je suis désolée pour hier soir, Pomme, j'ai été très maladroite. Je ne savais pas comment vous l'annoncer, alors j'ai cru que sur l'air de la bonne nouvelle, ça passerait mieux.

– Mauvaise pioche. Papa est parti depuis moins de trois mois, tu cherches déjà un acheteur, ça va drôlement vite. T'aurais pu m'en parler avant. Et puis franchement, tu dois bien te douter que je n'ai pas envie de déménager ?

– Je ne peux pas garder la maison, ma Louloutte. Je gagne correctement ma vie, mais les charges sont très élevées et…

Je l'ai coupée :

– C'est aussi une façon de confirmer que nous quatre, tous ensemble, c'est fini, non ?

Elle a baissé la tête et s'est perdue dans la contemplation de ses lasagnes.

– Je croyais que tu l'avais déjà compris.

Oui, bien sûr, je l'avais compris. Enfin non. Au fond de moi, j'espérais qu'un beau matin mon père reviendrait, misérable, pour nous demander pardon, nous jurer qu'il avait eu une lubie, un coup de folie, et qu'on reprenait la partie là où on l'avait laissée. J'ai avalé un gros bout de mozza fondue, puis :

– Je ne peux pas m'empêcher d'espérer, c'est normal.

– Quand on se sépare, ce n'est pas pour reprendre la vie commune quelques semaines plus tard, Pomme. Nous sommes vos parents pour toujours, bien sûr, mais nous ne sommes plus un couple, nous ne le serons plus jamais.

J'ai longuement mâchouillé une belle bouchée de fromage de chèvre gratiné à souhait, avant de m'avancer sur un chemin que d'habitude je n'ose pas emprunter :

– Ça doit être drôlement dur pour toi…

– Oui. Tout n'allait pas pour le mieux entre nous, mais je n'avais pas prévu ce qui arrive, je le subis comme vous. Je sais que tu souffres, ma Louloutte, et que Célestin ne comprend pas grand-chose. Je voudrais que le temps coule plus vite, qu'on cicatrise en accéléré. Je ne te le cache pas, c'est aussi pour ça que je vends la maison, pour passer à autre chose.

Je me berce peut-être d'illusions, mais je pense que si on changeait de cadre, ça nous faciliterait les choses.

– Tu sais où on va habiter ?

– Non, pas pour l'instant. Je cherche une location un peu plus petite, dans un quartier sympa. On visitera ensemble dès que je trouverai quelque chose de bien. Ne t'inquiète pas, on va continuer à construire notre vie, une pierre après l'autre.

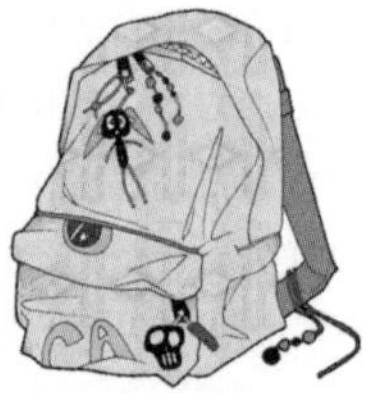

Je la regardais, je buvais ses mots pleins d'espoir, gentils, réconfortants, et je voyais autour de ses yeux de nouvelles petites rides. J'ai failli répondre que je n'avais pas envie de construire sur des ruines pourtant je me suis retenue, sans doute à cause de ces petites rides.

– Pas de souci, je t'aiderai à poser les pierres, les tuiles, les rideaux, tu peux compter sur moi. Mais partir de chez nous, c'est un peu comme si on perdait papa une deuxième fois.

Il m'a semblé que ses yeux se mouillaient, ça lui faisait le même regard que le nain quand il va pleurer. Son menton s'est mis à trembler.

Elle a hoché la tête sans un mot, en me prenant la main. Elle a ouvert la bouche, sûrement pour prononcer un truc très beau, mais mon portable a sonné.

C'était la musique de *Ma sorcière bien-aimée*, un cadeau de Mina pour mes quinze ans. Le charme était rompu, j'ai regardé l'écran, c'était Arthur et j'ai décroché en vitesse.

– Salut Pomme, je ne te dérange pas ?

– Non, au contraire.

Au contraire, ça ne voulait vraiment rien dire, il n'a pas relevé.

– Si tu veux, on mange ensemble au self demain midi, tu me montreras ce qu'Onimus t'a donné comme infos.

J'imaginais la tête de Mina si je faisais encore plateau à part.

– Heu, demain midi, je peux pas... Vraiment pas...

– Après les cours, alors ? Je finis à quatre heures et demie.

– Ouais, moi aussi. OK, on se retrouve devant la grille ?

J'ai raccroché en maudissant ces secousses idiotes qui ballottaient mon cœur de droite à gauche à chaque fois qu'Arthur entrait en scène. Du calme, Pomme, ne t'emballe pas... Ma mère me regardait, intriguée, alors j'ai pris les devants :

– C'était Mina.

La bombe

La bombe a explosé le surlendemain. La bombe, c'est une façon de parler, bien sûr. Une bombinette, peut-être, mais tout de même.

Je suis arrivée au collège en avance. Pour une fois j'avais marché d'un bon pas, en pensant sans arrêt au moment que j'avais passé avec Arthur la veille.

Il m'avait aidée à bâtir un plan pour mon article, sans pour autant me prendre pour une gamine. Après, on avait discuté pendant plus d'une heure. Il préparait une expo photo, il m'avait invitée au vernissage. J'avais répondu « Ouais, volontiers ». Je ne savais pas ce que c'était, un vernissage, mais je ne voulais surtout pas qu'il réalise que je n'avais que quinze ans et encore une dent de lait.

J'avançais en regardant mes baskets, des super Converse que ma mère avait blanchies à l'eau de Javel et sur lesquelles Mina avait brodé des têtes de mort. J'ai relevé la tête juste en arrivant devant la grille, et là, le choc ! Face à moi, un gros panneau.

> EN RAISON DES ÉVÉNEMENTS
> QUI ONT EU LIEU HIER SOIR,
> LES COURS D'ARTS PLASTIQUES
> DE MONSIEUR ONIMUS
> SONT ANNULÉS CETTE SEMAINE.
>
> LA SALLE DE DESSIN EST
> PROVISOIREMENT FERMÉE.

On avait déjà eu droit à un panneau de ce genre quand des types étaient entrés de nuit au collège pour graffiter partout : « Lazouan = SALOPE ». Lazouan, c'est ma prof de maths. Une sacrée emmerdeuse, d'accord, mais de là à ce qu'on la traite de salope sur les murs du bahut…

Je relisais le message quand mon portable a vibré. Un texto de Thomas : « Conf 12h15 sujet Onimus ». Wahou, j'allais être plongée au cœur de l'actualité. Plutôt cool, mais n'empêche, j'étais inquiète.

On s'est vite retrouvés une vingtaine devant la grille, chacun y allant de ses commentaires. La version la plus courante, c'était : « Onimus se drogue, il a fait une overdose dans la salle de dessin après les cours. » Mina m'a susurré la sienne dans le creux de l'oreille, d'un ton gourmand :

– Si ça se trouve, on l'a surpris avec sa chérie en train de…

Elle avait adoré le scoop que je lui avais livré la veille pendant le cours de français. J'ai haussé les épaules, il y avait sûrement une autre version, la bonne cette fois, et si j'arrivais à survivre à une heure de maths, deux heures de gym et une heure de physique, j'en saurais plus.

La prof de gym s'était mis en tête de nous faire jouer au rugby. Mina a grimacé, elle inaugurait un cycliste pastel et un body blanc, pas question de se vautrer sur la pelouse pour attraper le ballon. Elle a expliqué à la prof qu'elle avait mal au ventre, comme tous les mois, un mal de chien, alors elle était désolée, mais elle ne pouvait vraiment pas participer.

La prof a haussé les épaules, puis Mina a gagné les gradins et sorti son MP3. J'ai dû attendre la mi-temps pour la rejoindre. Elle m'a regardée d'un air dégoûté. Mon jogging était terreux, mes baskets recouvertes de boue. Elle m'a glissé :

– Si Arthur te voyait…

J'ai soupiré et je me suis sentie obligée de me justifier.

– Mais arrête, c'est un copain, rien de plus. Il m'aide pour les *Brèves*, je débute, il y a plein de trucs que je ne sais pas…

Elle a fait semblant de jouer du violon, sourire moqueur aux lèvres, puis soudain elle s'est interrompue.

– Figure-toi que pendant que tu courais après la baballe, j'ai vu le directeur. Il traversait la cour avec des flics, je suis sûre que ça a un rapport avec Onimus.

Proposition courageuse

Je suis arrivée pile à l'heure pour la conférence de rédaction, mais ils avaient commencé sans m'attendre. Thomas s'est tourné vers moi :

– Désolé Pomme, on a été obligés de démarrer sans toi, Lucie est hyper pressée, un rendez-vous avec les mecs du lycée professionnel pour la mise en pages du prochain numéro. Bon, je te résume en deux mots : Onimus a été agressé hier soir dans la salle de dessin.

J'ai presque crié :

– Quoi ?

Mathias a commencé :

– Il était resté pour…

Lucie l'a coupé, péremptoire :

– Écoute, on ne va pas lui donner les détails maintenant, faut qu'on avance, je suis à la bourre.

Puis, m'ignorant délibérément, elle a repris la conversation où elle en était avant mon arrivée.

– Ce qui est sûr, c'est qu'il ne faut pas écraser les autres sujets pour autant. Je tiens à ce qu'on me garde une pleine page pour mon article sur la réforme de l'éducation nationale.

J'ai glissé un œil vers Arthur qui griffonnait, l'air un peu ailleurs, comme d'hab.

Thomas a acquiescé :

– Ne t'inquiète pas. Ce sera juste un article d'info pure, quelques lignes, pas d'extrapolation, pas d'hypothèses hasardeuses. On proposera quelque chose de plus conséquent sur le numéro de Noël, je suppose que d'ici là la police aura résolu l'affaire. Ça vous va comme ça ?

Mathias a levé les yeux au ciel.

– J'y crois pas ! On tient un vrai fait divers, un événement qui concerne tout le bahut, mais non, on préfère publier un papier à mourir d'ennui sur la réforme de l'éducation nationale…

Je ne sais pas ce que les autres ont répondu parce qu'à ce moment-là Arthur a tourné sa feuille vers moi. Une vraie BD.

Dans la première case, un type en train de brancher un ordi. Dans la deuxième, deux autres hommes s'approchaient de lui, masqués, avec une matraque à la main. Dans la troisième, ils bourraient un camion de matériel informatique et dans la quatrième, une ambulance emmenait le premier type à l'hôpital. OK, j'avais compris. Onimus avait été assommé par des voleurs d'ordis. Wahou, trop chaud !

J'ai relevé la tête.

– Il est toujours vivant au moins ?

Mathias a abandonné Lucie et Thomas à leurs messes basses et m'a rassurée.

– Oui, il a pris un sacré coup sur la tête, mais il s'en remettra. Le directeur et son adjoint vont passer dans les classes cet après-midi pour que tout le monde ait la même info, sinon les rumeurs vont galoper et personne ne pourra les arrêter.

J'étais sonnée. Un cambriolage, la police… je n'arrivais pas à réaliser que ça s'était vraiment passé dans mon collège. J'ai repris mes esprits pour demander :

– L'article, qui s'en occupe ?

Lucie m'a répondu en cachant mal sa jubilation de me savoir à l'écart :

– C'est de l'actu, alors c'est Arthur qui s'y colle, et il n'a pas besoin qu'on le prenne par la main, il se débrouillera sans problème. Tu ne manques pas de boulot, toi. Le voyage des quatrièmes, il serait peut-être temps de t'y mettre. Bon, je vous quitte, j'ai du taf.

Mathias l'a suivie de peu, pendant que j'essayais vainement de digérer ma déception. C'était un vrai fait divers, quasiment un job de pro, j'aurais adoré participer. J'ai tenté :

– Thomas, j'ai presque fini l'article sur le matériel informatique, ça me laisse le temps pour donner un coup de main à Arthur, non ?

Arthur a souri en regardant Thomas d'un air narquois. Le départ de sa chérie avait dû le soulager, notre rédac chef, parce qu'il m'a fait une proposition pleine de courage.

– Bon OK, je te mets sur le coup pour assister Arthur, d'accord ?

Courage, c'était vite dit. Il s'est empressé d'ajouter :

– Ça reste entre nous trois, c'est officieux, d'accord ?

On a hoché la tête, Thomas a poursuivi :

– Bon, pour l'instant, on attend le feu vert du directeur. Il me contactera si Onimus est OK pour vous recevoir. On verra aussi si vous pouvez prendre des photos de la salle où c'est arrivé et, dans l'idéal, interviewer le policier chargé de l'enquête. Dès que ça bouge, Arthur, je t'envoie un texto.

Feu vert, policier, enquête, des mots qui me semblaient presque trop grands pour notre petit journal.

La chantilly sur les fraises

Il nous restait vingt minutes avant les cours. Arthur m'a proposé :

– Un sandwich en face, ça te dit ?

Oui, bien sûr. En face, c'était LE repaire des lycéens. Le bar où les collégiens n'osaient pas mettre le nez, le bar où j'avais pris un pot avec Arthur la veille. J'ai acquiescé avec nonchalance, comme si j'avais mes habitudes là-bas, mais au moment où on franchissait la porte du paradis, Mina m'a appelée. Pour la première fois de ma vie, je n'étais pas ravie-ravie de la voir. Elle s'est approchée, Arthur lui a souri et j'ai eu la sensation qu'une petite bête me mordait rageusement la pointe du cœur. Elle s'est étonnée :

– Ben alors Pomme, tu ne nous présentes pas ?

J'ai haussé les épaules. En me forçant à jouer le jeu, tout sourire tout sucre, je me suis livrée aux présentations d'usage.

– Arthur, Mina, ma meilleure amie. Mina, Arthur, mon collègue des *Brèves*.

Mina a susurré :

– Vous alliez vous acheter un casse-dalle ? Je viens avec vous, j'ai pas eu le temps de manger.

Qu'est-ce qu'elle me jouait, là, à s'incruster ? Et moi, qu'est-ce que j'avais à réagir comme ça, je ne me reconnaissais pas !

Depuis le CP, Mina emballe tous les garçons qu'elle croise, il n'y avait pas de raison qu'Arthur lui résiste. Elle a un look pas possible, des fringues multicolores et dépareillées que personne n'oserait porter, et ça plaît toujours. Mais surtout, elle a un petit quelque chose en plus, une bricole qui emporte le morceau, comme la chantilly sur les fraises. Du charme, sans doute. Un truc que je repère facilement chez les autres, jamais chez moi.

On s'est approchés du comptoir pour commander un jambon-beurre et un Coca. Le reste de mon argent de poche allait y passer, je pouvais dire adieu à la barrette de mes rêves, trois squelettes miniatures qui se donnaient la main, toutes dents dehors.

– Alors, c'était bien votre réunion ?

– Du rapide. On s'est réparti les tâches pour le reportage sur Onimus. Je crois que Pomme va s'occuper du lourd, elle est plus douée que moi !

Le Coca m'est monté au nez et j'ai toussé pendant au moins une minute. Je ne savais pas ce qui me comblait le plus : m'occuper du lourd ou qu'Arthur dise à Mina que j'étais douée !

Puis il lui a demandé :

– Et toi, à part le collège, tu fais quoi ?

– La chasse aux fringues ! Et puis je vais m'initier à l'aviron, avec mon copain.

Heureusement que le Coca ne monte jamais deux fois dans le même nez ! L'aviron ? Son copain ? C'était quoi cette histoire ? J'ai écarquillé les yeux en la regardant, et elle s'est gratté le bout du nez. Ça signifiait : « Pas de panique, je te raconterai ! »

Puis elle a repris :

– Tu sais que Pomme fabrique des mobiles avec des trucs de récup ? C'est super beau, poétique et tout et tout. Tiens, regarde.

Elle lui a tendu son portable pour lui montrer des photos de mes mobiles, des équilibristes en fer et en papier mâché.

J'ai eu peur qu'il trouve ça nunuche, j'ai bafouillé :

– Mina, arrête, c'est que dalle !

Arthur a sifflé doucement, puis il a tourné la tête vers moi en souriant. Mes mobiles, depuis que mon père était parti, je n'y touchais plus. Mina a insisté :

– Ils sont encore plus beaux en vrai. Le mieux, ce serait que Pomme te les montre…

Je me suis retenue pour ne pas l'étrangler et j'ai regardé ma montre.

– C'est l'heure d'y aller, là.

J'ai farfouillé dans ma poche mais Mina a levé la main.

– C'est moi qui régale. Je fais du baby-sitting tous les soirs depuis une semaine, des triplés. Au début, j'ai hésité, mais finalement, je ne le regrette pas, c'est le jackpot !

Chouette, mes squelettes sur leur barrette me tendaient à nouveau les bras !

Surprise-surprise

Mina s'est expliquée pendant le cours d'anglais, à coup de petits messages au feutre rose, son humeur du jour. C'était officiel, elle sortait avec Quentin depuis midi et demi exactement, et ce soir il l'emmenait à son entraînement d'aviron. Il avait définitivement perdu son étiquette d'intello à lunettes pour accéder au grade de « mec hyper culturel, et sportif en plus ! ». Quant à Arthur, elle le trouvait craquant, mais elle n'était pas intéressée. Elle avait voulu déjeuner avec nous pour « prendre la température ».

Conclusion, elle était sûre et certaine qu'il était amoureux de moi, au moins autant qu'Onimus. Deux amoureux pour le prix d'un, quel succès ! Pour Onimus, je savais que c'était ridicule. Mais pour Arthur…

Non, il ne fallait pas que je me fourre une idée pareille en tête. Il était en première, à ses yeux je n'étais qu'une gamine. Même si je devais reconnaître que mon cœur se mettait en panique à chaque fois que je pensais à lui. Très souvent.

J'étais en train de ranger mes affaires quand ma mère m'a envoyé un texto.

« Attends-moi, on vient te chercher, on va visiter une maison. »

Le langage SMS, elle ne connaît pas. J'ai essayé de le lui apprendre, mais c'est plus fort qu'elle, elle écrit des phrases entières, à l'ancienne, sans la moindre faute. Comme une mère, quoi !

Je me suis plantée devant la grille, seule parce que Mina avait déjà filé pour rejoindre Quentin. Lucie est passée devant moi sans faire semblant de ne pas me voir. Elle m'a regardée en face, sans un sourire, sans un mot. Thomas lui avait peut-être avoué que j'allais seconder Arthur sur le reportage Onimus. Je lui ai adressé un petit geste de la main, elle a détourné le regard. Lucie, quoi !

Maman a garé sa Twingo devant la grille cinq minutes plus tard. Enfin garé, façon de parler, elle était au moins à un mètre du trottoir. Elle a soupiré en aidant le nain à descendre.

– Il a déjà mal au cœur !

Il était plus pâle qu'un fantôme, Célestin. Il a respiré à fond plusieurs fois et ma mère m'a chuchoté :

– J'espère qu'il va tenir le coup ! C'est pas loin mais avec lui on ne sait jamais !

On est remontés en voiture et j'ai demandé :

– C'est où ?

– Surprise-surprise !

Surprise-surprise ? Allons bon... C'était quoi ce ton jovial ?

Elle conduisait sans hésitation, on ne s'éloignait pas des quartiers que je connaissais, c'était déjà ça. Elle s'est à demi tournée vers moi.

– J'ai signé deux contrats aujourd'hui, deux albums. Tu sais, cette histoire de hérissons qui ne mangent que des glaçons, et aussi la petite sorcière au Moyen Âge, tu te souviens ? En plus mon éditeur m'a présenté une nouvelle illustratrice, une fille très douée. D'ailleurs, je crois que...

Elle a poursuivi comme ça pendant un bon moment, sans doute pour détendre l'atmosphère, mais je ne l'écoutais pas vraiment. Le nain soupirait de plus en plus fort, ça n'augurait rien de bon. Je me suis retournée, je lui ai pris la main, elle était molle entre mes doigts.

J'ai commencé à lui raconter une histoire à voix basse en lui demandant de me regarder dans les yeux. Quelquefois ça marche, il se concentre et parvient à oublier sa nausée galopante. J'aurais préféré garder un œil sur le trajet, tant pis. Quand Célestin ne va pas bien, mon cœur déborde d'amour fraternel, je le trouve trop mignon !

– Et là, la fille crache son chewing-gum, elle en fait une boulette très dure et vise l'œil du cyclope. Elle…

Il devenait blanc, je me suis interrompue.

– Maman, il va vomir !

Toujours aussi gaie, elle a répondu :

– Taratata, on est arrivés !

Célestin s'est retenu en écarquillant les yeux, je me suis retournée précipitamment pour voir où on était, et là…

En pleine forme

Je suis restée sans voix, la bouche ouverte, interdite. J'ai très lentement entrebaîllé la portière de la voiture et posé pied à terre sans perdre une miette du tableau que j'avais devant les yeux. Une maison simple, avec un étage et quatre fenêtres nichées dans un toit d'ardoises. Une façade couleur sable, une porte et des volets rouge foncé, une pelouse parsemée d'herbes folles parmi lesquelles ne courait aucun nain de jardin. Une maison très ordinaire. La plus belle, la mienne, celle dans laquelle je vis depuis quinze ans.

Ma mère a essuyé les larmes qui coulaient sur mes joues, Célestin a filé droit vers son bac à sable et j'ai demandé :

– C'est quoi ce délire ?

– La vente a été annulée. L'acheteur n'a pas obtenu son emprunt, je l'ai su ce matin. J'ai appelé ton père, on en a longuement parlé et...

Je nageais en plein conte de fées, j'ai cru qu'elle allait ajouter : « Et il revient vivre avec nous, comme avant ! » Pomme au pays de Oui-Oui, des Bisounours et de Candy réunis !

– ... on ne vend plus, c'est beaucoup mieux comme ça. C'est moi qui vais racheter la maison, papy et mamie m'aideront à la payer. Voilà, ma Louloutte ! Je prévois quelques changements, transformer le bureau de ton père en chambre d'amis par exemple, mais bon, on reste ici !

Elle m'a prise dans ses bras. Elle était merveilleuse, ma mère, parce qu'au fond elle aurait sûrement préféré déménager, changer de vie pour oublier plus facilement le départ de mon père. J'étais vraiment heureuse et je lui ai chuchoté au moins deux mille mercis dans le cou. Elle m'a souri, m'a embrassé les joues et le front comme quand j'étais petite, puis elle a farfouillé dans son sac.

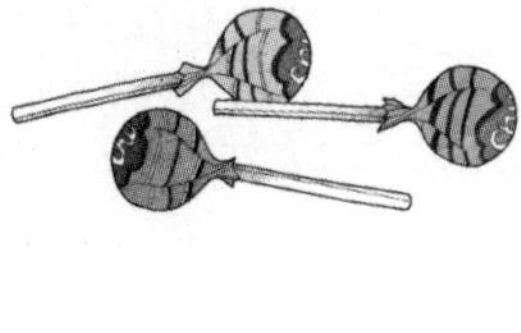

– Tiens, tu as du courrier. Un amoureux, peut-être ?

Je lui ai tiré la langue et j'ai regardé l'écriture. Non, ce n'était pas un amoureux…

Flore, enfin. C'était mesquin, mais j'ai tout de suite imaginé la tête de Lucie lorsqu'elle apprendrait que oui, comme promis, Flore m'avait écrit.

Pomme,

Voici des nouvelles pour toi, rien que pour toi. Pour les Brèves d'Albert, *tu trouveras un petit mot séparé.*

Houb et ses parents sont venus chez moi. Ils n'ont pas été surpris, mon père était déjà passé les voir avant-hier pour leur expliquer. Ils étaient mal à l'aise et Houb tremblait. Il a dit que c'est parce qu'il était content de me voir, mais je sais bien que c'est surtout à cause du bébé, ça lui a fait un gros choc, c'est normal. Ses parents ont été gentils, ils essaient d'accepter la situation, sa mère m'a dit que j'étais un écrin, qu'il fallait que je fasse attention à moi, en même temps je sais bien qu'ils sont chamboulés. Moi aussi je suis chamboulée, même si ça me soulage qu'ils connaissent la vérité. Houb a promis qu'il allait revenir souvent, je crois que c'est vrai. J'espère.

Son père ne disait rien, il a tout le temps gardé la tête baissée, il me semble que c'est lui qui a le plus de mal à digérer. Avec ma mère on a commencé à préparer des affaires pour le bébé mais je ne réalise toujours pas.

Merci d'être venue, Pomme.

Flore

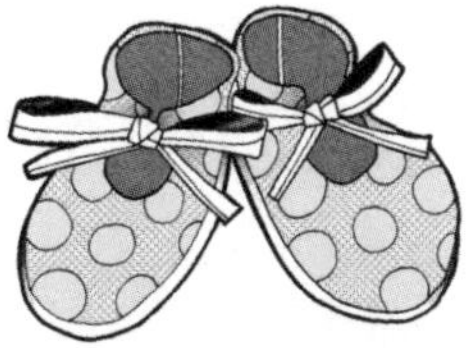

Elle avait l'air d'aller bien. Enfin, aussi bien que possible. J'ai déplié le petit mot qui accompagnait sa lettre, curieuse de voir comment elle avait tourné ça.

À tous ceux qui se sont si gentiment inquiétés pour moi, je tiens à préciser que je vais bien. Je consacre cette année à un projet personnel et je suis en pleine forme. Merci encore. Flore.

En pleine forme, c'était bien vu. J'ai eu envie de l'appeler pour la remercier, mais je n'ai pas osé. Peur de la déranger, peur de l'ennuyer. Peur de ne pas savoir quoi lui dire tellement je me sentais petite à côté d'elle.

Intuition fulgurante

Le lendemain matin, je dégustais une tartine beurre et Nutella en rêvant au-dessus de mon bol de chocolat quand mon portable a sonné. Arthur. Mon cœur a fait boum et j'ai décroché.

– Salut Pomme, on a le feu vert pour aller voir Onimus. Le directeur lui a demandé, il est d'accord, on peut passer entre midi et deux. Je t'attendrai devant la grille, ça te va ?

– OK, pas de souci. À plus.

J'ai raccroché, le nain et ma mère ont piaillé :

– C'était qui ?

– Mina.

Ma mère a pris le ton de celle qui n'est pas dupe.

– Ah tiens… Elle est devenue drôlement matinale !

Je n'ai pas relevé, elle n'a pas osé insister.

À onze heures quarante-cinq, j'ai filé à la cantine acheter un pan-bagnat bourré de mayo. J'avais besoin de prendre des forces, ça m'impressionnait, cette visite à l'hôpital. Je me suis dépêchée de l'avaler, inutile qu'Arthur me surprenne en plein festin.

À douze heures pile, j'étais devant la grille, l'air détachée, comme si je ne guettais pas son arrivée.

À douze heures une, il était là.

– Tu viens de manger ? m'a-t-il demandé.

J'ai secoué la tête, non-non, la fille libérée des contingences matérielles, et il a ajouté :

– C'est bizarre, t'as plein de sauce autour de la bouche.

La honte de ma vie. Du bout des doigts, en rigolant, il a essuyé la mayo pendant que je rougissais en cherchant en vain un truc marrant à dire.

– Allez viens, je t'emmène en scoot.

En scoot ! Mina s'évanouirait quand je lui raconterais !

Il avait prévu un casque pour moi, mais j'ai d'abord dû retirer les dix barrettes fruits des bois que Mina avait plantées dans ma tignasse avant le cours d'anglais. J'en ai profité pour tenter de me rassurer.

– Il sait que je viens, le prof, au moins ?

Yeux écarquillés d'Arthur.

– Ben non, pourquoi, c'est important ?

Important ? Pas vraiment, mais Onimus était tellement mal à l'aise en ma présence que ça ne faciliterait sans doute pas l'interview. Inutile de le préciser à Arthur, il ne s'en rendrait peut-être pas compte.

J'ai répondu :

– Non, je te demandais ça comme ça.

On a enfourché son fier destrier, j'ai posé mes mains sur son blouson en espérant que, de l'autre côté de la grille, tout le bahut nous admirait.

On s'est avancés vers l'accueil.

– On vient voir monsieur Onimus, chambre 213.

L'hôtesse a consulté une liste, puis :

– Service traumatologie, deuxième étage.

Traumatologie, ça en imposait. Mes mains sont devenues moites. L'hôpital, l'odeur, les allées et venues des infirmières pressées, les malades qui déambulaient… Flippant.

L'ascenseur nous a mollement conduits au deuxième étage pendant qu'Arthur m'expliquait :

– Il paraît qu'il sort demain, ça ne devait pas être bien méchant. Tiens regarde, j'ai préparé quelques questions. Comment ça s'est passé, est-ce qu'il a vu ses agresseurs, comment il se sent, quand est-ce qu'il reprend les cours… Si tu vois des choses à ajouter, n'hésite pas. Eh, t'es toute blanche, ça ne va pas ?

– Si, ça va, c'est juste l'odeur… Tu prendras des photos ?

– Peut-être, je verrai.

On a frappé doucement à la porte de la chambre 213.

– Entrez.

On a ouvert et on est entrés, intimidés.

– Bonjour monsieur.

Il était assis dans son lit, un gros turban sur la tête, des revues éparpillées sur sa couverture. Sur son bandage, quelqu'un avait dessiné des personnages de BD, ça lui faisait une tête de pitre.

– Asseyez-vous les jeunes.

Il était souriant, mais ne regardait qu'Arthur. Je me suis demandé si je n'étais pas en train de devenir parano. Mon collègue préféré a sorti son calepin.

– On ne vous dérangera pas longtemps. Voilà, on vient vous poser quelques questions pour le numéro des *Brèves* qui sortira à la Toussaint.

– À ta disposition !

Il paraissait d'humeur légère, presque réjouie.

– Bon, déjà, votre état de santé. Vous allez mieux, c'était pas trop sérieux ?

– Impressionnant parce que ça a beaucoup saigné, mais sans gravité. L'interne m'a assuré que mes agresseurs y étaient allés plutôt doucement, finalement. J'ai perdu connaissance une dizaine de minutes et quand je me suis réveillé, ces vilains oiseaux s'étaient envolés. J'ai eu droit à une radio et dix points de suture, le bandage, c'est une coquetterie pour cacher mon crâne rasé !

Normalement, je sors demain à dix-huit heures. Je serai en convalescence jusqu'à la Toussaint, je reprendrai les cours et mes activités à la rentrée. Si je vous dis des bêtises, ne m'en voulez pas, ils m'ont prescrit des anti-douleurs qui me rendent euphorique.

J'ai glissé :

– Et pour le voyage à Rome ?

– Sans moi cette année, malheureusement ! Madame Taupin prendra la relève.

Ça n'avait pas l'air de l'affecter le moins du monde, mais moi si. Interviewer la mère Taupin, cette vieille chouette, ce serait une vraie punition !

Arthur a repris :

– Et vos agresseurs, vous les avez vus ?

– Oui, un grand barbu d'environ deux mètres, albinos, et un plus petit, unijambiste.

Arthur n'a pu s'empêcher de me regarder, les yeux écarquillés, et Onimus a ri.

– Hé, c'est une blague ! En réalité, je n'ai rien vu, rien entendu. J'étais plongé dans l'inventaire des cartons qui venaient d'être livrés, le casque de mon MP3 sur les oreilles... Ils m'ont pris par surprise, la seule chose dont je me souvienne, c'est du contact d'une barre en fer sur ma tête. La preuve qu'on peut faire de nouvelles expériences à tout âge !

Sans doute déstabilisé par la désinvolture d'Onimus, Arthur ne prenait pas la moindre note. Il a fini par demander :

– Vous avez une idée du mobile ?

Le prof l'a regardé, interloqué.

– L'argent, évidemment ! Ça représente une fortune, un matériel pareil. Quant aux coupables, ils sont sûrement très loin à l'heure qu'il est, ils ont peut-être déjà revendu les bécanes.

Ce ne serait pas l'article du siècle, Onimus n'avait rien à raconter et restait concentré sur Arthur comme si je n'étais pas là. Ils ont continué à discuter, j'ai eu le temps de détailler ce qui traînait dans la chambre et soudain j'ai su. Une fulgurance, une intuition, une certitude.

Je connaissais le coupable.

Reporter-chasseresse

Onimus nous a salués joyeusement quand on est sortis, comme si on était ses potes depuis toujours, enfin surtout Arthur. Il avait l'air de prendre cette histoire pour une vaste blague, sans doute grâce aux petits cachets qu'il gobait pour ne pas avoir mal à la tête.

Arthur est resté silencieux jusqu'à l'ascenseur puis, entre le deuxième et le premier étage, il a lâché :

– Faudrait qu'Onimus nous donne le nom de son médicament, on en offrirait à Lucie.

J'ai souri avant de demander :

– Thomas a dit qu'on pourrait avoir des infos sur l'enquête de police, tu crois qu'on peut les appeler pour savoir s'il y a du nouveau ?

– Non, pas encore. On doit attendre la semaine prochaine. Il a eu un flic au téléphone qui a proposé de nous recevoir lundi midi, cinq minutes pas plus, pour nous donner deux trois éléments. Oh pas de scoop, juste de quoi étoffer l'article.

– On ira ensemble ?

– Bien sûr. D'ailleurs, si tu veux, commence à écrire l'article avec les quelques notes que j'ai prises, on complétera au fur et à mesure. Je photographierai Onimus demain, à sa sortie, il est d'accord. Pour l'instant, avec son bandeau, il a trop une tronche de guignol !

– L'article, je le commencerai plutôt après notre visite au commissariat, quand on aura plus de matière.

Et puis surtout, je préférais consacrer mon temps à autre chose. À réunir assez de preuves pour confondre le responsable du cambriolage, par exemple. Pendant quelques secondes, j'ai joué avec l'idée d'en parler à Arthur... pendant quelques secondes seulement. Non, pour l'instant, je voulais me débrouiller seule, montrer à tout le monde, et peut-être à Lucie en particulier, de quoi j'étais capable. Enquêter sur une affaire pareille, ça avait plus de classe que de demander aux quatrièmes s'ils avaient déjà commencé à préparer leurs bagages pour Rome !

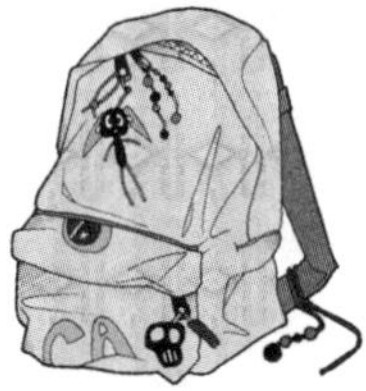

Arthur m'a déposée devant le collège sous l'œil envieux de Mina.

– Un scoot, c'est le top, m'a-t-elle confirmé en remettant délicatement les barrettes fruits des bois dans mes cheveux. Alors, Onimus ?

– Il va super bien, encore mieux qu'avant l'agression. Un petit coup de matraque sur le crâne et ça repart !

– Et avec toi ?

– Avec moi ? Rien, il ne m'a pas regardée une seule fois, il ne s'est adressé qu'à Arthur. C'est presque drôle, à force.

– Ah, l'amour ! a-t-elle soupiré.

J'ai vu Houbou arriver sur son vélo, se garer et avancer vers nous à grandes enjambées. Il m'a fait un clin d'œil en passant. Il savait que je savais qu'il savait. J'ai cligné moi aussi. J'étais fière de partager un secret, un vrai secret.

J'ai demandé à Mina :

– Tu me prêterais ton vélo, demain, après les cours ?

Son vélo, il lui ressemble, il est voyant et marrant. Elle l'a barbouillé de rayures jaunes et noires censées représenter Maya l'abeille. Moi, quand je le regarde, je pense plutôt aux Dalton.

– Pourquoi ?

– Top secret ! Mais tu seras la première à savoir, c'est juré.

– OK, à deux conditions. Tu me prêtes ton écharpe fluo jusqu'au week-end et tu me files ta carte de bus, j'ai pas envie de rentrer à pied.

– Tope là !

Avec le vélo de Mina, j'étais parée. Dès demain soir, je partirais en chasse. Pomme Ravaillec, reporter-chasseresse.

À dos d'abeille

Le lendemain, à dix-sept heures pétantes, j'ai enfourché Maya l'abeille et j'ai filé. J'avais passé la journée à éviter Arthur, pas envie de lui mentir, même par omission, sur ce que j'allais entreprendre.

Dans la rue, les passants regardaient le vélo en souriant. Faut avouer qu'en mon honneur Mina avait cru bon d'ajouter deux ailes en tulle au porte-bagages.

Il m'a fallu une demi-heure pour arriver à l'hôpital, j'en avais plein les mollets. Je me suis garée derrière un camping-car pour être sûre de ne pas être vue et j'ai attendu. Manque de bol, dix minutes après, Arthur s'est pointé sur son scoot…

Quelle pagaille, j'avais complètement oublié qu'il devait photographier Onimus à sa sortie.

Heureusement, il s'est engouffré dans le hall d'accueil sans me voir.

Ils sont ressortis peu de temps après. Ils se sont serré la main, au revoir monsieur, au revoir Arthur, et Onimus est resté planté, seul, à la station de taxis. À moi de jouer.

J'ai enfoncé le bonnet péruvien de ma mère jusqu'aux oreilles, j'ai glissé mes cheveux dedans, enfilé mes lunettes de soleil et enfin j'ai donné deux coups de cravache à Maya. Avec le peu de circulation qu'il y avait à cette heure-là, le taxi était facile à suivre s'il n'allait pas trop vite. Restait à espérer que je ne serais pas repérée et, surtout, qu'Onimus n'habitait pas trop loin. Rien qu'à l'idée de pédaler longtemps, j'avais déjà des courbatures.

Le prof avait changé de bandeau, plus de graffitis sur le velcro, et il avait l'air en pleine forme, à papoter sans arrêt avec son chauffeur. J'étais juste derrière eux, de quoi prendre un bon bol d'oxyde de carbone. On a quitté les artères surpeuplées pour emprunter une petite rue, puis une deuxième avant de filer droit vers le quartier de la gare routière. J'ai laissé passer deux ou trois voitures entre nous, comme dans les films, sans jamais perdre ma cible des yeux.

On a continué pendant cinq bonnes minutes, je commençais à fatiguer, la nuit tombait et le phare de Mina ne fonctionnait pas. Heureusement, le taxi a fini par se garer et je suis montée sur le trottoir d'en face, cent mètres en retrait.

Onimus habite dans une maison bien plus grande que la mienne et visiblement il était attendu, il y avait de la lumière à l'intérieur. Sa chérie, sans doute, mais ça je m'en fichais. Il a gravi quelques marches, on lui a ouvert, il est entré, fin de l'acte un.

J'ai compté jusqu'à trois cents avant de traverser la rue. J'ai longé le trottoir, regardé partout autour de moi et je suis entrée dans le jardin sur la pointe des pieds. Puis j'ai contourné lentement le pavillon en croisant les doigts pour que le prof n'ait pas de chien.

De l'autre côté, adossé à la maison, il y avait exactement ce que je cherchais : un garage fermé par une porte métallique qui s'ouvrait de bas en haut.

Je me suis plaquée contre le mur, attentive au moindre bruit, puis je me suis avancée très lentement. J'ai posé ma main sur la poignée de la porte et je l'ai actionnée. Yes, c'était ouvert !

J'ai fait coulisser le panneau sans le remonter entièrement. J'ai sorti la mini-torche qui pendouillait au bout de mon porte-clés, je me suis agenouillée et j'ai regardé.

Wahou ! Des cartons partout, une vingtaine de beaux cartons ! J'en étais sûre ! Onimus n'était qu'un gros malhonnête, il ne s'en tirerait pas comme ça !

Je tenais un giga scoop ! Grâce à moi – Pomme Ravaillec, simple collégienne, journaliste débutante – la police allait clore l'enquête rapido. Dès demain matin, j'irais au commissariat. On s'installerait dans une voiture banalisée et, sirènes hurlantes, on se précipiterait chez Onimus. Heu, les sirènes étaient peut-être de trop… La presse, la vraie, serait là elle aussi, pour photographier les cartons éventrés par les flics et les ordinateurs flambant neufs. Peut-être même que je serais sur la photo… Pendant ce temps, deux policiers conduiraient Onimus vers une estafette grisâtre. Menottes aux poignets, tête basse.

J'ai refermé la porte du garage le plus doucement possible, ç'aurait été dommage de trahir ma présence alors que j'étais si près du but. Au lieu de marcher sur le gravier, j'ai grimpé sur un petit talus herbeux, la reine du silence.

Arrivée devant la barrière, je me suis retournée pour jeter un coup d'œil aux fenêtres. Au travers des rideaux, j'ai vu l'ombre d'un couple enlacé. Il avait raison de se faire câliner, Onimus, parce que dans son cachot, à part les rats, il n'aurait personne à étreindre. J'ai reconnu sa silhouette à cause du gros bandeau autour de sa tête, il devait aimer les grandes femmes, sa chérie avait la même taille que lui. Mina allait adorer ce détail, la vie sentimentale des profs, elle trouvait ça passionnant. Pas moi.

J'ai observé les tourtereaux pendant une minute avant de sursauter en retenant de justesse un hurlement de terreur.

Ces messieurs

– Pardon, je ne voulais pas vous effrayer, mademoiselle.

C'était un livreur de pizzas, son casque de mobylette sur la tête. J'ai soufflé un grand coup, il m'a tendu deux cartons plats.

– Vous êtes avec ces messieurs ? Une quatre fromages et une reine, comme d'habitude, vingt-trois euros, s'il vous plaît.

– Ces messieurs ? Quels messieurs ?

– Ben… Eux, là…

Du gant il a désigné la fenêtre, le rideau, les deux ombres enlacées et j'ai bafouillé :

– Non… heu, je leur prépare une surprise pour demain. On organise une fête pour eux, ils ne sont pas au courant. Surtout, ne dites pas que vous m'avez vue, d'accord ?

Il a hoché la tête :

– Vous pouvez compter sur moi. Allez, bonne soirée, hein ?

J'ai filé en direction de mon vélo, en pensant très fort : « Wahou, c'est dingue, wahou, j'y crois pas, wahou… » Ces messieurs… Ce n'était pas une chérie qu'Onimus avait rencontrée, mais UN chéri. Il était homo et personne n'en savait rien ! Je voyais déjà la mine stupéfaite de Mina, et l'inévitable commentaire : « C'est pas juste, le seul prof sexy du bahut ! C'est du gâchis ! »

Je me suis sentie mal à l'aise, il ne tenait qu'à moi, dès lundi, de le dire à tout le bahut. Est-ce que je résisterais à la tentation de susurrer : « Vous ne devinerez jamais, vraiment jamais, ce que j'ai découvert sur Onimus ! » ? Pas difficile d'imaginer l'air ébahi des autres, les ricanements, les « C'est pas possible, t'es sûre ? »…

Je me suis arrêtée à un feu rouge, j'ai secoué la tête et froncé les sourcils. Fallait que j'arrête de penser à ça. Je n'étais pas venue enquêter sur la vie privée d'Onimus, mais obtenir la preuve qu'il était un voleur. Alors pour le reste, motus et bouche cousue avec du fil bien serré. D'ailleurs une preuve, finalement, je n'en avais pas.

L'idéal serait de revenir sur mes pas et de photographier les cartons. Sauf que je devais être la seule fille d'Albert-Camus à posséder un téléphone sans appareil photo, une antiquité ultra basique, uniquement dédiée aux appels et aux messages. Presque un modèle vintage. Mais finalement, ça tombait bien, je n'avais pas envie de retourner seule là-bas, ça me fichait un peu la trouille. J'ai pris mon antiquité et j'ai composé le numéro d'Arthur.

– C'est Pomme. Des photos exclusives des ordis volés, ça te tente ?

Il a ri, un peu surpris.

– C'est une joke ?

– Non, je t'attends sur le lieu du crime ! T'auras qu'à te garer au début de la rue des Vimières, c'est derrière la gare routière, je serai là.

– OK, donne-moi un quart d'heure.

J'ai appelé ma mère pour l'avertir que j'avais un boulot à terminer pour les *Brèves*, elle n'a pas discuté, elle a juste dit : « Embrasse-le de ma part et essaie de rentrer avant vingt heures, ma Louloutte. » J'ai rougi bêtement. « Embrasse-le de ma part », c'est ce qu'elle me répondait à chaque fois que je la prévenais d'un retard, comme si j'avais un amoureux que je voyais en cachette. Je trouvais ça mignon et exaspérant à la fois ; en général je répliquais du tac au tac, histoire d'avoir le dernier mot, mais là, j'ai ri comme une niaise et j'ai raccroché.

Arthur s'est garé à côté de moi vingt minutes plus tard. Il a retiré son casque en pouffant de rire.

– C'est un vélo de camouflage ? Trop fort ! Maya l'abeille, rien que ça ! Idéal pour passer inaperçue ! Les lunettes, le bonnet… Incognito, quoi ! Je peux te prendre en photo ?

J'ai posé, une main sur la selle de Maya, l'autre sur ma hanche, le menton fièrement dressé, prête à recevoir les louanges qui déferleraient bientôt sur mes talents d'enquêtrice.

– Bon, il est où ton scoop ?

J'ai tendu le doigt pour lui désigner la planque du coupable.

– Tu vois, là, c'est la maison d'Onimus.

– Et alors ?

– Et alors derrière la maison, il y a un garage. Dans le garage il y a des cartons, dans les cartons il y a des ordis…

– Quoi ?

– Oui monsieur !

Il s'est grattouillé le menton.

– Heu, t'es en train de me raconter que t'es allée voir ?

– J'en reviens, et on va y retourner ensemble pour photographier les ordis. Demain, on montre les photos au commissariat et le tour est joué !

– T'es complètement ouf, on n'a pas le droit de pénétrer comme ça chez les gens, c'est de la violation de domicile !

J'ai regretté de ne pas avoir appelé Mina, tiens ! Elle au moins n'aurait pas hésité une seconde, il aurait même fallu que je la retienne. J'ai pris le temps de réfléchir en profondeur, à peu près cinq secondes, et j'ai sorti mon argument massue.

– Si t'as peur, c'est pas grave, je comprends. Passe-moi ton appareil, j'y vais seule…

Qui a peur du grand méchant loup ?

Avant de répondre, Arthur a attaché son scoot à mon vélo avec un antivol aussi gros qu'une chaîne de bagnard. Puis il a soupiré.

– OK, je t'accompagne. À deux c'est plus sûr. Mais on risque gros, Pomme.

– Attends, les journalistes s'en permettent de bien pires, crois-moi !

– Bon raconte, comment tu as deviné que les ordis étaient là ?

– Par déduction ! Quand je l'ai interviewé, Onimus m'a parlé de la valeur du matériel. Il ne connaissait pas le montant, mais il a insisté en me précisant que c'était un budget énorme, l'équivalent d'une année sabbatique, d'un voyage autour du monde, tu vois le genre…

– Et alors ?

– Alors quand on est allés le voir à l'hôpital, il y avait une bonne dizaine de brochures de tourisme étalées sur son lit. Année sabbatique, tour du monde, tourisme, tu vois ce que je veux dire ?

– Heu, c'est un peu léger, non ?

– Oui, mais suffisant, la preuve, le matos est planqué dans son garage !

– Et le coup de matraque ?

– Facile. Il suffisait qu'il demande à un complice de lui donner un coup sur la tête, pas trop fort, et hop le tour est joué ! De coupable, il devient victime !

– Mouais.

Il n'avait pas l'air convaincu, mais ça m'était égal, j'étais sûre de moi, j'avais vu le butin.

Il a marmonné :

– Je le sens pas ce plan. Imagine qu'il nous surprenne au milieu du garage ?

J'ai riposté :

– Et alors ? C'est lui le grand méchant loup, c'est pas nous !

J'ai continué en chantonnant sur l'air des trois petits cochons :

– C'est pas nous, c'est pas nous…

– Il n'est sans doute pas seul, en plus !

J'ai préféré ne pas répondre, j'ai posé un doigt sur mes lèvres en chuchotant :

– Regarde, le jardin n'est pas éclairé, on va passer sur le côté, le garage est juste derrière. Allez, viens.

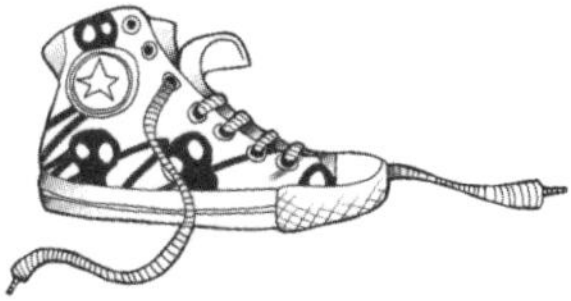

On a longé le muret. Arthur n'en menait pas large, il n'arrêtait pas de chuchoter :

– C'est complètement dingue cette histoire, j'arrive pas à y croire. C'est limite, si on nous chope, je te raconte pas !

– Chut, stop, c'est là. Je vais ouvrir.

J'ai soulevé la porte, plus haut cette fois. Une porte très polie, qui ne grinçait pas. J'ai allumé ma mini-torche. Abracadabra, les cartons étaient toujours là ! Arthur a sifflé entre ses dents et moi je suis restée silencieuse et modeste. Il m'a demandé :

– Et maintenant ?

– On ouvre et on opère !

Long soupir du reporter photographe, puis :

– Bon, je vais me servir de mon canif, ça sera plus facile.

Il a attaqué le premier carton en douceur, sans un bruit. J'ai reculé pour ne pas le gêner. Je n'aurais jamais dû. J'ai heurté un objet qui est tombé et que je n'ai pas pu rattraper. Un objet qui a fait bling-bling-bling en touchant le sol pour éclater en mille morceaux. Arthur a pesté :

– Putain, c'est pas vrai !

Je n'ai pas eu le temps de m'excuser. La porte de la maison s'est ouverte brusquement et une voix s'est exclamée :

– MAIS QU'EST-CE QUE C'EST QUE CE FOUTOIR ?

Et là, pour la première fois de ma vie, je me suis évanouie.

Flagrant délit

Je ne me suis pas évanouie parce qu'on s'était fait surprendre. Ni parce que je craignais que le grand méchant loup n'engloutisse en une seule bouchée nos pauvres corps pétrifiés par la peur. Non. Je me suis évanouie parce que la voix qui avait prononcé ces quelques mots, je la connaissais. Une voix grave, aux intonations fermes, qui en imposait. Une voix qui pouvait aussi raconter les meilleures blagues du monde, une voix qui savait consoler, une voix qui m'accompagnait depuis plus de quinze ans. La voix de mon père.

Quand j'ai repris conscience, Arthur était à genoux à côté de moi. Une main dans mes cheveux, il balbutiait :

– Pomme, Pomme, ça va ?

J'ai ouvert les yeux, je l'ai regardé, puis j'ai vu mon père, debout derrière lui et enfin Onimus, encore plus pâle que son bandeau. J'ai refermé les paupières et je me suis mise à pleurer. Je n'avais jamais pleuré de cette façon, aussi entièrement. Mon nez coulait, j'avais les cheveux dans la figure, des larmes dégringolaient dans mon cou. Impossible de reprendre mon souffle, à chaque fois que je croyais en avoir fini les sanglots repartaient de plus belle.

J'ai attrapé les mains d'Arthur, je les ai serrées très fort. Il avait l'air catastrophé, peut-être qu'il entrevoyait le gouffre sans fond dans lequel j'étais en train de tomber.

Quand j'ai enfin pu m'asseoir, j'ai vu le carton éventré. Pas d'ordi, rien que des livres. Ceux qui trônaient dans le bureau de mon père, avant. Ces cartons, c'étaient ceux de son déménagement. Pas de matériel informatique, pas de voleur, pas de grand méchant loup.

Papa s'est approché, la mine défaite, et s'est assis par terre, devant moi. Arthur et Onimus se sont éclipsés.

Je pleurais toujours, en silence. Mon père m'a prise dans ses bras. Je n'ai pas résisté, mais le cœur n'y était pas.

– Je suis tellement désolé, ma Louloutte, tellement désolé. Je ne pouvais pas vous en parler, pas encore. Je ne m'en sentais pas capable. Pardon, pardon… Mais quelle idée de venir comme ça, de nuit…

Je n'ai pas répondu. Je n'avais rien à dire, absolument rien. Je me suis dégagée, j'ai reniflé, je me suis essuyé le nez avec ma manche, plusieurs fois. Dans ma tête, le vide absolu. J'ai regardé mon père et je lui ai posé la seule question qui m'importait pour le moment :

– Maman est au courant ?

Il a hoché la tête. Je me suis levée et, la voix chevrotante, j'ai appelé :

– Arthur ?

Il m'a rejointe, m'a pris la main et on est partis enfourcher nos montures.

Quand on a mis pied à terre devant chez moi, il a murmuré :

– Ça va aller ?

J'ai hoché la tête. Il a posé ses lèvres sur les miennes, très légèrement. Il m'a fait un petit clin d'œil, un signe de la main et il a filé.

Journaliste d'enfer

Je ne me suis pas ruée sur ma mère en hurlant « T'aurais pu m'en parler, non ? », je ne me suis pas non plus avancée vers elle en pleurant pour me réfugier dans ses bras. Je me suis pointée dans la cuisine, j'ai murmuré :

– Ça y est, pour papa, je sais. Et j'ai vraiment pas envie d'en discuter maintenant.

Je suis montée dans ma chambre, je me suis écroulée sur mon lit et j'ai pleuré jusqu'à ce que je m'endorme.

Quand je me suis réveillée, le premier truc auquel j'ai pensé, c'est au baiser d'Arthur. La vie est vraiment généreuse, elle vous offre de chouettes cadeaux même quand vous ne lui demandez rien.

J'ai souri, ouvert les yeux, et là, je me suis souvenue de mon père. Mon père et Onimus. Ces messieurs… Non, finalement, la vie était surtout une sacrée peau de vache, qui distribuait de méchants coups de griffe sans prévenir. Tu parles d'une situation, mon père en couple avec un autre homme, un prof à moi en plus. Je ne me serais jamais imaginé un truc pareil. Jamais.

Et pourtant. J'ai repensé à la tête d'Onimus à chaque fois qu'il me voyait depuis la rentrée. C'était de la gêne, rien d'autre, Mina avait tout faux depuis le début. Ce n'est pas de moi qu'Onimus était amoureux ! Mon père est homo, mon père est homo, mon père est homo, mon père est… La phrase tournait en boucle dans mon esprit.

Au bout d'un moment, j'en ai eu assez de cette ritournelle et j'ai prononcé à voix très haute, comme on intime un ordre :

– Bon, ça suffit maintenant !

OK, mon père vivait en couple avec un autre homme, et alors ?

Ma mère est venue aux nouvelles vers treize heures. Elle a ouvert mes volets, s'est assise sur mon lit et m'a passé la main sur le front.

– Je sais ce qui s'est passé, j'ai eu ton père au téléphone. Ça va aller ma Louloutte ?

J'ai hoché la tête, j'ai vu les cernes sous ses yeux, des rides plus prononcées qu'avant au coin de sa bouche et des cheveux blancs dans la mèche qui balayait sa joue. Elle avait dû drôlement souffrir.

J'ai demandé :

– Et Célestin ?

– Ne t'inquiète pas, dans un premier temps je lui expliquerai simplement que ton père vit avec un ami.

Elle a soupiré avant d'ajouter :

– C'est un choc terrible pour toi, mais je suis soulagée que tu sois au courant. Moi aussi, j'ai trouvé ça très douloureux, tellement inattendu… Et puis tout ce silence… Les choses seront plus simples maintenant, tu verras, tu t'habitueras petit à petit.

J'ai senti ma gorge se serrer et j'ai lutté pour ne pas fondre en larmes. J'avais de la peine pour ma mère, pour mon Babou et pour moi.

Subitement, j'ai eu très envie que Mina soit là, de tout lui raconter, qu'elle dédramatise, qu'elle me fasse rire avec des bêtises. J'ai regardé ma mère.

– Ça t'embête si je passe l'après-midi avec Mina ?

– Mais non, détends-toi, au contraire.

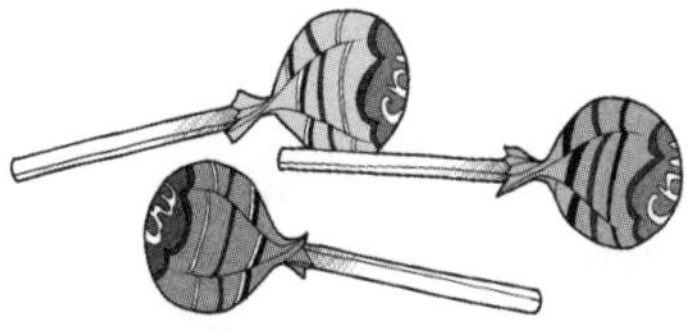

J'ai débarqué chez Mina en quelques coups de pédales, pas fâchée de me débarrasser de son vélo à rayures. Quand elle m'a ouvert la porte, elle s'est exclamée :

– Wahou ! Allez, viens, on sera tranquilles, ma mère est partie chez le coiffeur.

Wahou, parce qu'à force d'avoir pleuré la veille, j'avais le visage aussi bouffi que si un essaim d'abeilles s'était acharné sur moi. Elle ne m'avait jamais vue comme ça. On s'est affalées sur son clic-clac et je me suis lancée :

– J'ai deux trucs à te raconter. Tu dois essayer d'en deviner un, l'autre tu pourras pas, c'est impossible.

Elle a pris un air inspiré, tiré sur le voile rose du tutu qu'elle avait enfilé sur des collants noirs à gros trous, avant de lâcher :

– Trop facile ! Arthur t'a embrassée !

Balèze ! J'ai précisé que c'était juste un petit bisou comme ça, elle a souri d'un air entendu.

– Tss-tss-tss, ce mec-là, il est super amoureux ! Et toi ?

Et là, sans réfléchir, j'ai dit :

– Moi aussi. Raide dingue !

Puis j'ai crié :

– Yesssssss ! Ça y est, je suis amoureuse !

On a applaudi, exécuté la danse des Sioux, hululé comme des sauvages, puis elle a cassé l'ambiance en demandant :

– Et l'autre truc, celui que je ne peux pas deviner ?

Je lui ai raconté d'une traite, jusqu'au bout. Elle n'arrêtait pas de répéter :

– C'est dingue, j'y crois pas, c'est dingue, j'y crois pas.

Quand j'ai eu fini elle n'a pas ri, elle ne s'est pas moquée, elle m'a juste caressé la joue, pensive, avant de me sortir un truc qui m'a sciée.

– Tu peux remercier tes petites antennes, Pomme, elles t'ont conduite au bon endroit. Ce que tu cherchais, c'étaient pas les ordis, c'est ton père, sa nouvelle vie. Comme si une voix t'avait soufflé qu'en pistant Onimus tu le trouverais. Tu vois, les parents, ils se font des nœuds au cerveau pour nous cacher des trucs, mais on est plus forts qu'eux, on devine toujours. Et puis tu sais quoi ?

– Non, je sais pas…

– Plus tard, tu seras une journaliste d'enfer !

Fortes fièvres

J'ignore ce qu'il s'est passé les trois jours suivants, parce que j'ai été « prise de fortes fièvres ». C'est ce qu'a déclaré le docteur à ma mère en ajoutant, sceptique :

– C'est sûrement grippal...

Je dormais en permanence, rêvant que je perdais mes dents, ou que je nageais dans un marais boueux, peuplé de drôles de bestioles et d'algues qui s'enroulaient autour de moi et m'empêchaient de remonter à la surface. Ma mère venait sans arrêt me donner des cachets, me passer un gant d'eau fraîche sur le front, me chuchoter des mots doux.

– Ça va passer, ma jolie Louloutte, ne t'en fais pas.

De temps à autre, le nain se glissait contre moi, tout chaud, tout doux.

Je posais ma main dans ses cheveux tièdes, ils sentaient bon le petit garçon endormi. Je l'aimais vraiment très fort.

Dans mes rares moments de lucidité, je pestais contre mon père. Je le maudissais, je le haïssais parce qu'il n'avait pas été assez courageux pour me parler avant de partir. Oui, le plus douloureux, c'était ce silence qu'il avait imposé à ma mère, un silence étouffant. Souvent aussi je pensais à Flore, avec le sentiment qu'on appartenait désormais au même club. Celui des filles à qui la vie confie des valises un peu lourdes à porter.

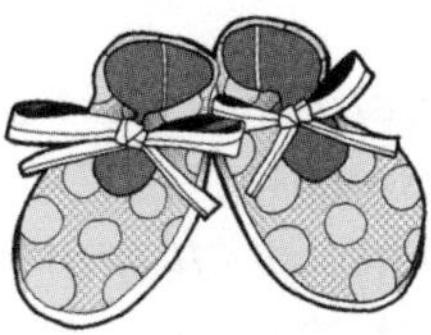

Le quatrième jour, au réveil, j'avais presque l'esprit clair. Je me suis assise sur mon lit et j'ai appelé ma mère, qui s'est précipitée.

– Ma petite maman chérie, est-ce que tu peux me préparer un chocolat chaud et des tartines beurre-Nutella ?

Elle m'a serrée contre elle, rassurée de me voir presque sur pied. J'ai pris une douche en me tenant aux murs parce que j'avais encore des vertiges.

Je me suis habillée avec des fringues acidulées que Mina m'avait vendues un euro pièce et que je n'avais jamais osé porter. J'ai allumé mon portable. Vingt-deux messages sur mon répondeur !

Six de mon père, presque identiques, la voix émue :

« Ma Louloutte, je te demande pardon et j'ai très envie de te voir. Appelle-moi dès que tu t'en sens capable, je t'en prie, je t'embrasse fort. »

J'ai souri. Ma haine s'était envolée avec la fièvre. Moi aussi j'avais envie de le voir. Puis j'ai regardé les autres messages. Arthur. Dix messages.

« Pomme, appelle-moi dès que tu peux, j'ai envie de t'embrasser. »

« Pomme, je viens de photographier le pommier de mon jardin, je crois que je t'ai vue, tu étais assise sur la plus haute branche. »

« Pomme, je suis amoureux… »

Je me suis demandé si ce n'était pas meilleur que les tartines beurre-Nutella et j'ai écouté les cinq messages suivants, des petits mots rigolos de Mina pour me remonter le moral.

Le dernier message datait du matin même. C'était Lucie, péremptoire : « *Réu à 16 h 45, sois à l'heure stp.* »

J'ai commencé par déguster mon chocolat chaud en feuilletant *Le Soir* de la veille. En page deux, un entrefilet sur le vol à Albert-Camus, trois lignes à peine. La police avait arrêté les coupables, des types qui espéraient toucher le jackpot en revendant le matériel volé. Raté !

Ça m'a rappelé que moi aussi j'avais un papier à écrire. Mon premier article, j'avais hâte de m'y mettre !

Ma mère s'est assise en face de moi, une tasse de café fumant entre les mains. Je l'ai regardée dans les yeux et je me suis lancée :

– Voilà. J'ai trois nouvelles à t'annoncer. La première, je veux revoir papa très vite, je veux que Célestin et moi on puisse aller chez lui et son... son copain, qu'on ait une relation normale, quoi. La deuxième, je veux être journaliste, vraiment. J'en suis sûre. Et... la troisième, c'est que... Heu... Bon, voilà : je suis amoureuse, il s'appelle...

Là elle m'a coupée en souriant :

– Arthur ! On a eu le temps de faire connaissance, il est venu chaque jour me demander de tes nouvelles ! Ton père est passé lui aussi, il t'a apporté des roses. Regarde, c'est ce gros bouquet, sur le buffet.

Une vingtaine de roses orange, mes préférées. C'était la première fois qu'on m'offrait des fleurs, une première fois que je n'oublierais sans doute jamais.

On a discuté un long moment et puis elle m'a embrassée avant de s'éclipser pour un rendez-vous avec son illustratrice. Les doigts tremblants, j'ai composé le numéro de papa. Il a décroché immédiatement.

– Ma Pomme, tu n'imagines pas à quel point j'attendais ton appel ! Comment tu te sens ?

– Ça va mieux, papa, ça va, je t'assure…

Je ne savais pas quoi ajouter, je me sentais bête. Et peut-être que lui aussi. Il s'est raclé la gorge et m'a proposé :

– Ça te dirait de manger un morceau en ville ? Je passe te prendre maintenant, si tu veux !

J'ai gardé le silence sur les deux grosses tartines que je venais d'avaler, j'ai juste murmuré :

– Oui, bien sûr.

Il a sonné à la porte dix minutes plus tard et je me suis précipitée dans ses bras. On n'a pas prononcé un mot, on s'est juste serrés très fort, comme si on ne s'était pas vus depuis des mois.

Pile à l'heure

On s'est installés à la crêperie, en terrasse. J'ai pris une super complète, celle avec des œufs brouillés et, entre deux bouchées, j'ai déballé ce que j'avais sur le cœur. À quel point j'avais souffert de son silence, à quel point je m'étais torturé le cerveau pour trouver des réponses à mes questions. Il m'écoutait, il hochait la tête, il comprenait, ça me faisait un bien fou.

Je n'ai pas pris de dessert, à la place j'ai posé mes conditions.

– Je veux que Célestin et moi on ait une chambre dans ta nouvelle maison, avec nos affaires. Et je veux qu'on se voie le plus souvent possible, qu'on soit toujours tes enfants et que tu sois toujours notre père…

Il s'est tu quelques secondes, comme s'il pesait ses mots.

– Pomme, dans ma maison, comme tu dis, il y a Pierre, d'ailleurs c'est sa maison. Ça ne te gêne pas ?

Pierre… Pour moi, c'était Onimus, mais je m'habituerais sûrement.

– Ça prendra du temps, forcément. En même temps, c'est le prof le plus sympa du collège, ça aurait pu être pire. Imagine que tu sois tombé amoureux de la mère Taupin.

Il a ri, j'ai insisté :

– Alors, pour les chambres ?

– Figure-toi que c'est déjà en cours ! Au premier, il y a une grande pièce inutilisée, on a posé une cloison, il ne nous reste plus que l'isolation et la déco. C'est l'affaire d'une semaine ou eux, pas plus.

Il n'a pas pu continuer, il avait des larmes plein les yeux.

J'ai posé ma main sur la sienne et j'ai demandé :

– Qu'est-ce qu'il y a, papa ?

– Pomme, si j'ai gardé le secret si longtemps, c'est parce que j'avais peur que tu me rejettes, que tu ne veuilles plus me voir. Je suis tellement heureux que ce ne soit pas le cas !

J'étais si émue que je n'ai pas pu répondre. Dans ma tête, j'ai conjugué le verbe souffrir : « J'ai souffert, tu as souffert, il ou elle a souffert, nous avons souffert… » Au passé.

Mon père m'a ramenée à la maison et j'ai bûché pour les *Brèves* pendant deux heures non-stop. J'ai fignolé l'article sur le matériel informatique : l'interview d'Onimus pour commencer, puis le vol, la visite à l'hôpital et la résolution de l'enquête menée par la police. J'ai rédigé une conclusion en forme de questions pour le directeur : était-il normal que les cambrioleurs aient pu pénétrer si facilement à Albert-Camus ? Quand le matériel serait-il remplacé ?

Il ne me restait plus qu'à trouver un pseudo…

J'ai mâchouillé mon crayon, songé à tout ce que j'avais découvert ces dernières semaines, et j'ai décidé de m'autoproclamer « La reine des scoops ». Ça ferait sourire Arthur et enrager Lucie, c'était parfait.

Je me suis relue plusieurs fois, je lui trouvais de la gueule, à mon papier. Emportée par mon élan, j'ai enchaîné sur la préparation des interviews pour le voyage à Rome.

À seize heures, j'ai tout rangé dans mon Eastpak et j'ai claqué la porte de la maison. Direction le bahut, au pas de course pour une fois et même plus vite encore, pas question d'être en retard.

Je suis arrivée à seize heures vingt-cinq tapantes et je me suis plantée bien en vue derrière la grille. Aux premières loges pour découvrir le regard heureux d'Arthur quand il m'a aperçue, avec en prime les cris de joie de Mina et les battements fous de mon cœur. Pile à l'heure pour déguster mes premiers vrais baisers d'amoureuse, bien meilleurs que tout ce qui pouvait exister de meilleur.

Quant à la réunion du journal… Eh bien, Lucie attendrait, pour une fois !

L'anticyclone des Açores

L'automne n'a pas tardé à s'installer pour de bon, pluie, vent, grisaille et feuilles mortes, à l'exact opposé de ma vie où ne régnait pas le moindre nuage. Ma météo personnelle, c'était l'anticyclone des Açores, juste au-dessus de ma tête, sept jours sur sept.

Je retrouvais Arthur devant le collège après les cours. On avait des projets en pagaille. Préparer une expo qui mêlerait mes mobiles à ses photos, nous embrasser le plus possible, écrire une foule d'articles pour les *Brèves*, emmener Célestin à la patinoire, camper en Bretagne en juillet… On était très amoureux et on n'était pas les seuls. À ma grande surprise, le couple Mina-Quentin tenait bon et on passait pas mal de temps avec eux, à discuter, à rêver et à jouer au tarot.

Mon père nous a présentés officiellement Pierre, à Célestin et à moi, pendant les vacances de la Toussaint. On a découvert nos chambres, spacieuses, bien meublées, avant de déguster une fondue dans un silence un peu gêné. Une fois le dessert avalé – un crumble poires-fruits secs – Pierre nous a proposé :

– Décorer vous-mêmes vos chambres, là, maintenant, ça vous dit ?

Il a sorti des pochoirs de sa fabrication, de toutes les formes, de toutes les tailles, et des bombes de peinture, de toutes les couleurs.

On a recouvert les meubles de bâches et on a tagué nos murs blancs avec lui. On s'en est mis partout, il nous faisait rire, on était bien.

Le soir, quand on est rentrés à la maison, ma mère nous a demandé :

– Alors, vous avez passé une bonne après-midi ?

Célestin a levé un pouce en l'air, la mine réjouie, et j'ai confirmé :

– Franchement, c'était super.

Et parce que j'avais peur qu'elle ait un petit pincement au cœur, je l'ai embrassée très fort.

Le dernier jour des vacances, dans la boîte aux lettres, j'ai reçu mon exemplaire des *Brèves* d'Albert. Je me suis jetée dessus, j'ai tourné les pages avec fébrilité jusqu'à ce que je tombe sur deux articles. Les plus beaux, ceux de « La reine des scoops ».

Je les ai relus dix fois de suite, impossible de m'en lasser. J'étais en train de découvrir le scan de la lettre de Flore quand j'ai été interrompue par la vibration de mon portable. Un texto de Thomas : « Conf lundi 16h45 » !

Rupture

Depuis quelque temps, j'arrivais en avance aux réunions du journal, de manière à ce que Lucie ne commence pas sans m'attendre. Ce lundi-là, je suis entrée dans le bureau à seize heures trente-cinq, persuadée d'être la première. Raté. Mathias était là, et Thomas aussi. Il m'a lancé :

– Salut Pomme. Alors, heureuse de lire tes premiers articles ?

Je suis restée sobre, très pro :

– Ouais, super !

Il a ajouté :

– Lucie m'a envoyé un message, elle ne devrait pas tarder. Je ne sais pas de quoi il s'agit, mais elle a vu les mecs du lycée technique à midi, ils lui ont donné une super info.

Ma chère collègue nous a rejoints deux minutes plus tard, speed, l'air pressée. Elle a posé son sac pour enchaîner aussitôt :

– Je propose qu'on démarre, je n'ai pas le temps, j'ai un devoir de maths à rendre demain, j'ai même pas commencé.

Puis elle s'est tournée vers moi, expéditive :

– Oui, je sais, Arthur n'est pas arrivé, mais bon, tu lui raconteras. J'ai une info en or. Le ministère de l'Éducation nationale organise un concours pour la presse scolaire. L'équipe du journal qui gagnera passera quinze jours au sein de la rédaction d'un vrai quotidien, vous imaginez ?

On s'est regardés, bouche bée. Je crois que chacun de nous s'y voyait déjà… Elle a continué :

– Il y a un dossier à compléter, dans lequel on doit expliquer notre projet en détail, nos réalisations et bien sûr, il faut leur transmettre un numéro déjà paru, celui de notre choix. Le mieux ce serait de leur communiquer le numéro qu'on a publié à Pâques l'année dernière. J'ai rempli le formulaire d'inscription sur Internet au début de cette après-midi, franchement, je crois que ce concours est à notre portée.

J'ai eu envie de rugir mais j'ai juste murmuré d'une voix blanche :

– Et pourquoi ce numéro-là ? Pourquoi pas quelque chose de plus récent ?

Elle m'a toisée deux secondes, comme si je n'avais pas voix au chapitre, avant de condescendre à me répondre :

– Parce qu'il est particulièrement abouti, hyper complet, en prise avec l'actualité, et c'est ce qu'ils recherchent. J'avais fait un encart de deux pages sur les impacts de la crise et une enquête de fond sur l'environnement au quotidien. T'as mieux à me proposer, Pomme ?

Arthur a poussé la porte, il m'a regardée et il a tout de suite compris que quelque chose n'allait pas. Il a calé sa Chupa dans la joue droite et il a lancé à la cantonade :

– Que se passe-t-il ?

Notre rédacteur en chef a répondu en souriant, très calme :

– Oh, trois fois rien. Lucie a appris qu'on pouvait participer à un concours de presse et gagner un stage de quinze jours dans un vrai journal. Et là elle a décidé toute seule comme une grande, sans nous consulter, qu'on transmettrait au jury un numéro auquel Pomme n'a pas participé. Tu peux le croire, ça ?

Lucie le fixait, les yeux écarquillés, très pâle, et il a continué :

– Lucie, sache qu'il n'en est pas question. Si on participe à ce concours, c'est tous ensemble. Il est temps que tu comprennes qu'on bosse en équipe et que tu n'es pas le rédacteur en chef.

Thomas se réveillait enfin. Je me suis retenue pour ne pas le serrer dans mes bras. Arthur a hoché la tête et Mathias a laissé échapper :

– Wahou !

Lucie a répliqué sèchement :

– Puisque c'est comme ça, ça sera sans moi. Le concours, les *Brèves* et… et toi.

On a suspendu notre souffle, on n'osait pas poser les yeux sur Thomas. Il a juste répondu :

– OK, ça marche.

Et Lucie est sortie.

On évitait de se regarder, on attendait que Thomas rompe le silence. Lorsqu'il s'est enfin décidé, il avait l'air un peu secoué, mais sa voix était ferme.

– Bon, on a du boulot. Je voudrais entendre vos retours sur le numéro qui vient de paraître. Honneur à Pomme, c'est une première pour elle. On traitera aussi de la répartition des prochains articles et… du concours.

Je m'apprêtais à prendre la parole quand il a ajouté :

– Oh, j'allais oublier. Avant de nous séparer, on rédigera une annonce pour recruter un nouveau collègue. Pomme, à toi.

Arthur a posé sa main sur mon épaule, j'ai pris ma respiration. Je n'ai pas fait un grand discours. Je leur ai simplement dit à tous les trois à quel point j'étais heureuse de faire partie de la rédaction des *Brèves d'Albert*, à quel point j'étais heureuse d'être devenue, grâce à eux, la reine des scoops.

TABLE DES MATIÈRES

L'AUTEUR

Agnès Laroche est née en 1965 à Paris, elle vit aujourd'hui à Angoulême.
Son principal trait de caractère : la distraction, son mari et ses trois enfants peuvent hélas en témoigner chaque jour ! Même quand elle est là, elle est ailleurs. Un ailleurs où fourmillent les rêves et les idées grâce auxquels elle invente des histoires pour les enfants, les adolescents ou leurs parents. Elle est l'auteur de nombreuses fictions diffusées à la radio, de romans pour la jeunesse et de récits publiés en presse enfantine.
Son plus grand plaisir : faire en sorte que ses livres soient autant de petites maisons dans lesquelles les lecteurs se sentent chez eux, de la première à la dernière page.

L'ILLUSTRATRICE

Peggy Caramel est venue au monde entre deux manèges, au milieu d'un parc d'attractions où ses parents étaient forains. De là est né son amour des couleurs, des lumières, des rires et de la foule… Elle a dessiné sur ses joues avec des crayons de maquillage, puis sur les murs, avant de prendre un crayon et du papier pour bâtir des mondes merveilleux très colorés.

Elle considère l'illustration comme un joli moyen d'expression qui permet aux plus timides de transmettre leurs émotions. Chaque jour influence son style. La naissance de sa fille l'inspire et lui donne encore plus envie de raconter de belles histoires.

Peggy Caramel vit dans l'Hérault.

DANS LA MÊME COLLECTION

à partir de onze ans

La corde rouge,
Frédérique Lorient.

À Chamonix, chez les Fortin,
on est guide de haute montagne
de père en fils.
Pourtant Marius, le cadet, se laisse
surprendre par une tempête de neige.
Dans la vallée, rongés par la peur,
son frère et sa sœur vivent au rythme
des secours…

La fiancée à la robe verte,
Aubrey Flegg.

Delft, Pays-Bas, 1654.
Louise Eeden, seize ans, pose
pour un tableau. Promise à un riche
héritier, elle tombe amoureuse
de l'apprenti du peintre.
Peut-elle laisser parler son cœur
contre les intérêts de sa famille ?

Kmille fait son blog,
Cécile Le Floch.

Cette rentrée n'est pas comme les autres pour Camille, clouée dans un fauteuil après un grave accident. Afin de renouer avec une forme de liberté, elle crée un blog où elle devient Kmille.

Un si terrible secret,
Évelyne Brisou-Pellen.

Après la mort énigmatique de ses grands-parents, Nathanaëlle se rend dans leur maison pour tenter de comprendre. Dans le grenier, elle découvre un vieux journal intime très troublant…

Achevé d'imprimer en France en juillet 2011
sur les presses de l'imprimerie Maury.
Dépôt légal : août 2011
N° d'édition : 5460 - 03
N° d'impression : 166647